L'ÎLE DU LÀ-HAUT

www.editions-jclattes.fr

Adrien Borne

L'ÎLE DU LÀ-HAUT

Roman

JC Lattès

Couverture : Louise Cand

ISBN : 978-2-7096-7123-1

Première édition août 2024.

Pour Noémie

Les choses ont leurs secrets,
les choses ont leurs légendes
Mais les choses murmurent
si nous savons entendre

Barbara, « Drouot »

On y a vécu et toussé. On y a dormi et opéré. On y a mâchouillé les jours. On y a tracé des chemins de béton et de lumière. À convoquer le soleil et l'air, échos de mythes puissants, des dieux anciens. Sur les murs, les couleurs pastel faisaient mine d'espérer pour tous à la fois. On a même peint les plafonds.

On a construit la route, en serpent, par virages tordus, sans rien jamais sacrifier à la promesse. On a dressé, à la clarté, des autels.

On est venu se reposer, à force, à bout. On a écouté les cloches d'une chapelle. Contemplé les vitraux. On a goûté à la chaleur d'une couverture sur les pieds.

On a chanté et dansé. On dit qu'un enfant a ri aussi et, malgré tout, ri encore. L'enfant, souvent, ne dépassait pas la rivière.

On a appris à conduire une Traction Avant appartenant à un homme, venu avec, jamais reparti. On a inventé des histoires. Cachés.

On a dit qu'il y avait de quoi manger, beaucoup, en grande quantité, pour être bien et bien en forme. On dit qu'on a écrit, publié, et que la vacuité s'en trouvait piégée dans une bouteille.

On a compté les secondes, valeurs de mois. Compté encore pour faire passer. La douleur, la langueur, la souffrance, le désarroi et la fièvre. Compté encore. On raconte que ce fut pénible mais silencieux. À enrager dans une chambre à soi, close, au grand balcon.

On a prié. On a fait tourner les tables et tiré les cartes quand rien ne suffisait plus à sauver les apparences. On a joué du piano, réaccordé. On a admiré un jardin, le parc, le souffle court. On a crié.

On a été réprimandé, le code de bonne conduite, le règlement, la contrainte, l'enfermement. On a essayé de fuir. À la longue, on a souvent renoncé.

On a vu une pièce vide. Des affaires débarrassées. On n'a pas dit adieu, on n'avait pas dit bonjour.

On s'est habitué. À tout. Au pire du corps amaigri. À la marge. Pestiférés. Sur l'île du là-haut. Contagieux vaut parias.

On a aimé les thuyas, ils aiment le froid. Pourquoi pas.

On s'est fait au « on » qui ne dit pas tout ce qu'on croit.

On ne crie pas pour dire ces choses que l'on enferme entre les bois.

On dit que ces bois-là n'ont pas tout raconté.

On dit que des bâtisseurs ont réfléchi à la question. Réflexion faite. Qu'on n'oublie pas ce qu'on leur doit à ceux-là, pour l'abri, l'axe est-ouest, le soleil d'une œuvre. Le sens du vent et la beauté. On dit que ces bateaux ne voguent plus parce qu'ils n'étaient pas faits pour cela.

On parle de spectres. Pour faire vendre avant liquidation. On raconte qu'on croise des âmes folles, des lucioles et des vestiges.

On dit n'importe quoi.

On dit que personne ne peut juger autrement que nous qui étions là.

À la déraison. Un verre. Un cache-cou. Une étoffe épaisse. Pour réchauffer le cœur, les poumons, les vastes plaines jusqu'en bas à la bordure du lac. On ne sait plus à quoi pouvaient servir un verre, un cache-cou, une étoffe épaisse.

On dit qu'il faisait beau. On dit que c'était vrai. Que là-haut il fait toujours plus beau qu'en bas. Mais que le beau temps ne fait pas tout.

Juin 2018

Ce n'est pas tant le coup de téléphone.

Pas tant la présence annoncée au bout du fil. Il dit encore bout du fil, il n'a pas de portable.

Pas tant.

Ce n'est pas tant l'intrusion. Entre qui veut, s'il y a les formes et les manières.

Pas tant.

À peine a-t-il raccroché, appelé par le restaurant d'altitude de Plaine-Joux, qu'il a baissé le grand volet métallique le long de la baie vitrée de son salon. Qu'importent l'heure et le plein jour. Il a besoin d'obscurité. De se priver de la vue. De ne pas l'avoir sous le nez, son sanatorium, de se reposer les yeux et la mémoire. Souvent, il ne veut plus voir, plus le voir.

Jouer les ancêtres. Raconter. Quoi ? Qui ? À qui ? Il n'en sait encore rien, mais il peut le deviner, le patron du restaurant lui a simplement dit qu'il avait parlé de lui comme de « la mémoire vivante » du plateau, qu'il avait « tout naturellement » pensé à lui pour répondre aux questions. Sur quoi ? Sur qui ?

Il a rempli une casserole avec de l'eau, l'a posée sur la gazinière pas encore allumée. Il a préparé deux tasses à café, puis il s'est assis dans le grand fauteuil club de cuir sombre qu'il a sauvé de la razzia. Sur le marché du fauteuil, club ou non, il doit exister plus confortable. Mais le neuf, il n'aime pas, il dit que le neuf a toujours un parfum de chimie. Et puis dans celui-ci, il s'est façonné une place. Bien creuse et marquée. Arrondie et définitive.

Il est assis et il attend. Ses chats passent, repassent, avec douceur, le long de ses jambes, légers. Il tourne le dos à la baie vitrée, volet baissé, il attend. Soleil bien haut. Il fait doux. Il se retire. Tout caché. En lui-même.

La mémoire. Jouer les ancêtres. Il a à dire, mais qui écoute encore. Des vies à explorer, nombreuses, de quoi faire. Cela n'intéresse plus personne depuis longtemps. Des prénoms, il pourrait en donner, les noms avec. Il pourrait mener vers des domaines abandonnés, jouer les guides, si seulement quelqu'un voulait s'y intéresser ou s'il pouvait encore marcher longtemps et loin. Ni l'un, ni l'autre. L'intérêt et les jambes.

C'est peut-être le cas avec cette visiteuse qui vient. Elle a cherché un peu partout, pour qu'on la renseigne, sur un nom qu'elle a en tête. Lui sait sûrement, depuis le temps qu'il vit sur les pentes de par ici, il a sûrement croisé le bonhomme, alors elle va venir et elle va l'interroger. Et ce sera tout. Ou plus. Le hasard, qui sait.

Il voudrait parfois boire à l'eau du fleuve, le Léthé, croit-il se souvenir, ce fleuve de lenteur et de silence, fleuve paisible ; y plonger les mains et en goûter la fraîcheur, condition de l'oubli, pour les Grecs anciens, promesse de l'expiation, du retour en des terres nouvelles où tout est pardonné, où tout peut recommencer, sans souvenir justement, sans obsession, sans effort pour rattraper le déjà enfoui. Mais pour boire de cette eau, il faut être mort et être prêt à revenir pour une autre vie. Il a le temps de lire, il s'abreuve de ces contes, de ces mythologies. De ces époques où les temples tombaient parfois comme les idoles, remplacés par d'autres, plus grands, plus forts, plus universels, mais où on n'abandonnait pas si facilement les cultes et les édifices. Pas sans avoir lutté et construit tout autour des palissades. Un temps de la foi. En quoi croit-il aujourd'hui ?

La mémoire. L'ancêtre. Les fantômes. Leur compagnie.

Il est assis et il attend de la visite. Il jurerait pourtant qu'il en a déjà et depuis toujours, de la compagnie, juste en face de lui ou dans sa chambre, avec une odeur entêtante d'eau de Cologne, vieille odeur jamais éventée.

Il a décidé de recevoir tel qu'il est, sans s'arranger outre mesure ou sans faire de rangement. Tel qu'il est, tout entier. Si c'est dans les tranchées que l'on vient fouiller, il ne sert à rien de se faire des beautés et du grand manège. La fouille, c'est salissant. Il y a toujours le risque d'en mettre partout. Et il ne veut pas avoir à balayer derrière.

Il est assis et il attend.

Qu'on sonne à la porte.

Et pour patienter, il chantonne, il faut tendre l'oreille, mais même ainsi, difficile de reconnaître une mélodie. De sa voix craquelée. De sa voix de porteur d'histoire, il murmure, il psalmodie, il chante ou il prie. Il convoque des esprits. Qui sait. Il est le dernier gardien. De quoi ? De qui ?

Septembre 1948

Des pavés, deux, parmi tant d'autres.

Jamais scellés, jamais jointés, jamais fixés au sol. Deux pavés. Jalons. Écartement trente centimètres sous talons.

Les ouvriers, dans un moment de fatigue ou de négligence, n'ont-ils pas eu le temps ? Fallait-il boucler le chantier ?

Ces deux pavés, pour ses deux pieds.

Sur le côté droit, en montant, de la rue Imbert-Colomès, où le vent ne s'engouffre jamais, il est à l'abri. Du vent notamment. Seulement. Au moins, il ne se refroidit pas. Maman lui a demandé de faire ce genre d'effort, de ne pas se refroidir.

S'il avait voulu, il aurait pu se souvenir. De ce qu'il portait. Toujours le pantalon trop court et des bottines de cuir, le gilet de peau, il fait frais déjà, c'est la fin de l'été.

S'il avait voulu, il aurait pu se souvenir. De ce qu'il mâchouillait. Des Zan goût anis, à trois fois rien mais toujours trop, de la boulangère de la rue Bouverie.

S'il avait voulu, il aurait pu se souvenir. De l'odeur. L'herbe fraîchement fauchée du grand parc de la ville embaumait le quartier de ses arômes et de ses résidus. Le parfum doux parce que pas à sa place dans l'enchevêtrement noueux des ruelles et des bâtisses de Lyon.

Mais il ne se souviendra pas.

Comme on ne fait plus attention, par habitude, et parce que le temps mauvais vient tout chasser d'un coup d'un seul pour ne fabriquer que des souvenirs sans attaches. Bourrasque à tout balayer. Est-il si à l'abri ?

Et puis quinze ans, ce n'est pas un âge de souvenirs, ce n'est pas nostalgique, pas encore. C'est le grand art du tout devant. À la manière de ce regard qu'il balance sur le deuxième étage du 78 de la rue. Les fenêtres sont larges à s'y tenir tout entier debout dans l'embrasure. Il y en a trois en enfilade. C'est là que loge son meilleur ami avec ses parents et ses deux sœurs. Il a quinze ans, lui aussi, l'ami, Andrea.

Marcel se plante sur les pavés. Il a ce rythme de balancier, fonction de la mobilité du sol sous ses pieds. C'est sa zone, son territoire, son marchepied, son tremplin, son poste.

Fandango du Pays basque,
Fandango simple et fantasque,
Pour te danser dans les bras d'un garçon,
Une fille ne dit jamais, non !

L'air du temps est à Luis Mariano, la musique déborde de tous les bars du coin qui poussent la radio un peu fort et Marcel s'en délecte. Il prend l'accent, il en rajoute. Si Maman l'entendait, elle trouverait à redire, mais Maman ne l'entend pas. Il n'y a qu'Andrea pour l'entendre.

Alors Marcel chante. Chante Marcel. Malgré les difficultés et les ratés.

Selon l'humeur il peut aussi se contenter de siffler. Mais ce n'est pas simple, rien qu'en pinçant la bouche, de couvrir le bruit de la rue. Il y a du passage par ici.

Ils se connaissent depuis longtemps et même toujours, Andrea et lui.

Deux pavés pour deux pieds ou deux garçons.

Deux garçons. Du commun de chez banal. Rien qui dépasse.

Marcel et l'autre tout comme lui.

Le cœur y est-il aujourd'hui, moins qu'hier ?

Il a eu le droit de sortir. Maman a dit oui sans ajouter le mais qui lui lime le cerveau et la langue. Pas tant par précaution, le mal est fait. Pressentiment seulement. Marcel appelle sa mère Maman, même s'il connaît des garçons de son âge qui appellent leur mère par leur prénom. Mais c'est moche d'appeler Maman par son prénom, une manière d'aimer à distance. C'est ce que pense Marcel qui se garde bien de le dire, même à Andrea, il ne faut pas pousser sur les confidences. Quinze ans, l'âge de bon ton du pas tout entier.

Marcel a pu sortir.

Malgré tout.

Il force du Luis Mariano, la gorge prise. Il chante un peu faux, un peu fort, de travers, il massacre les accords, il se racle la gorge, il tousse. Il faut se faire entendre, c'est l'idée tout de même. Personne ne fait attention à lui. C'est un habitué. Il n'est pourtant déjà plus comme avant.

Depuis ses pavés, pas besoin de lever le nez vers les fenêtres. Son ami entend toujours, qu'il soit dans sa chambre ou à la cuisine à réviser une leçon, intello qu'il est. Andrea, un malin. Très malin, à devenir quelqu'un, quand Marcel cherche toujours plus longtemps que son copain la réponse à tout ou rien. Chacun son rythme, explique Maman. Il faut savoir patienter, ajoute Maman. Marcel a donc bâti sa vie à la persévérance. Même si, parfois, Andrea met du temps à descendre, jamais Marcel ne monte frapper à la porte. Ça ne se fait pas et puis il pourrait tomber sur une des sœurs et les sœurs elles sont à se fendre la tête et à trop y penser après coup. Risque inutile.

Andrea descend toujours. Il entend toujours son ami chanter.

Presque toujours.

Dans l'attente, pour tromper le doute, Marcel se retourne vers le mur, derrière lui. Avec le couteau pliant qui ne le quitte jamais, il grave. Ça aussi, c'est une habitude. Il entaille la pierre d'une pointe émoussée. À force, apparaît une fresque à petites traces, un graffiti sans message, rien que de la distraction. Attendre, juste. Marcel grave. C'est une toile trempée dans le dur, un paysage sans endroits. Parfois, il continue à chanter, parfois, il s'interrompt. Spontanéité, défouloir, passe-temps, amusement. Prendre possession, laisser une griffe comme d'autres ont laissé un nom sur des pyramides qui ne leur appartenaient pas. À chacun son histoire, son époque et son trésor. Poursuivre un chemin interrompu d'un ovale à un triangle, emprunter une autre voie, recommencer, raturer, un mot, une lettre. Sans que jamais personne y mêle sa critique, son signe déviant ou obscène. C'est à lui, son mur, un bas de mur, il se tient accroupi pour y laisser son récit à l'instinct, à l'envie, se délester.

Mais cet après-midi, sur ce mur, il y a de la couleur. Un point rouge dans un triangle s'ouvrant sur une spirale irrégulière. Imperceptible marque. La peinture a légèrement bavé, comme un fil, terminée en une gouttelette sur le pavé, comme un point.

Marcel pose un doigt. C'est à peine sec, il en garde une trace légère sur l'index. Il ne cherche pas à l'effacer. Il fixe cette trace rouge comme aurait pu faire une trace de sang, deux enfants, doigts piqués, pour un serment. C'est ce qu'on dit parfois. Ce qu'on fait aussi sans savoir jusqu'où cela engage.

C'est une trace rouge sur un mur et sur un doigt, c'est un garçon de quinze ans qui se redresse et se retourne. C'est Marcel qui lève les yeux vers le deuxième étage du 78 d'une rue de la Croix-Rousse à Lyon. C'est Andrea qui est à la fenêtre ce qu'il ne fait jamais.

Andrea le regarde avec ces yeux qu'ils ne se connaissent pas, des yeux de dire que non, pas aujourd'hui, et pas après, plus du tout, vraiment pas, des yeux de désolé ou de cassure, des yeux de terminé, des yeux de je n'ai pas le choix. Des yeux pleins de plein de trucs qu'Andrea n'aurait pas su dire à Marcel car il n'a rien décidé, que c'est ainsi. Non. Des yeux.

Marcel se souviendra que la maladie a commencé dans ces yeux-là.

Plus que dans le diagnostic. Marcel est tombé malade ce jour-là dans ces yeux-là qui n'ont rien dit de plus que tout cela. À savoir qu'il n'était plus question de descendre pour rigoler.

À quinze ans, des yeux lui ont confessé sa maladie. La peste blanche venait souffler sur des pavés mal scellés.

À ce jour, le mur en l'état n'a plus bougé. Et Marcel est devenu pestiféré. Lui et Andrea, ils se faisaient des adieux des yeux.

Ils feraient leurs classes séparément. Séparés d'une coulure et d'un point rouge.

Bulletin de santé de Marcel,
par le docteur X, médecin généraliste de Lyon.

Février 1948, ne dort pas pendant huit jours, se sent très las puis monte brusquement à 40 °C et reste à cette température pendant quinze jours.

On diagnostique une pneumonie grippale du poumon gauche. Apparition d'un peu de liquide séro-fibrineux.

Septembre 1948

Dans son nouveau dictionnaire, Marcel a fait très vite une bonne place à la faveur. Maman est rentrée quelques jours après le diagnostic, quelques jours après Andrea à la fenêtre, soulagée à défaut d'être heureuse :

— Tu as une place. C'est une faveur que nous fait le sanatorium de S.

Elle refuse d'entrer dans les détails des prénoms ou des noms, alors elle ne parle qu'avec la distance des lieux et des fonctions. Insistant sur la faveur. Mot choisi avec soin, celui-ci, pas un autre.

Faveur.

Réclamée, accordée ou les deux. Sont-ils, lui et Maman, du côté de ceux qui réclament ou de ceux auxquels on accorde ?

— Tu te souviens du directeur de la chorale de l'église Sainte-Élisabeth, la chorale où je vais les mardis soir ?

— Le gars avec le chapeau blanc ?

— Ton langage, pas un gars, un monsieur.

Institutrice dans une école publique de la Croix-Rousse, Maman ne laisse jamais rien passer, choix des mots, des tournures, savoir être.

— Il voulait se marier avec toi.

— Tu racontes n'importe quoi, Marcel.

Si Marcel raconte n'importe quoi, le visage de sa mère ne fait rien de particulier pour lui donner tort, dans sa façon d'agacer les yeux et d'empourprer les oreilles.

— Enfin bon, l'important, c'est qu'il connaît un médecin-chef, le directeur si tu préfères, du grand sanatorium de S., pas très loin de Chamonix. Un certain Pellarin. Et il a réussi à intercéder en notre faveur.

— Intercéder ?

— Intervenir. Tu te rends comptes, la chance que nous avons ?

La voix de Maman s'étrangle de conviction.

La chance. Faveur. Intercéder. Ce que la vie a de traductions simples parfois. Ce que la voix ne dissimule pas des nuances que les mots veulent établir.

Elle n'a jamais dit, comme Marcel l'a su sans avoir à poser la question, que le problème de la maladie, c'est d'avoir les moyens de la soigner efficacement, qu'il existe des sanatoriums publics dans le Rhône ou dans l'Ain, ou pas si loin, mais qu'ils ont des résultats médiocres, que là-bas il aurait eu une place, mais une assurance de vie, beaucoup moins, qu'il faut, pour espérer mieux, partir plus loin et plus haut et plus cher. Que dans une salle commune aux lits alignés, crachoir à portée de main, de tous et de miasmes, ce n'est pas une fenêtre entrebâillée au bout d'un couloir qui fait grand air et guérison.

Alors, il y a eu une chorale, des mardis soir, une demande en mariage refusée, un chapeau blanc et une intercession à la masculinité dominante ou au Seigneur. Sachant que le Seigneur n'était pas très prêteur de prospérité depuis la naissance de Marcel. Une maman seule acharnée à bâtir et à préserver pendant la guerre ce qui pouvait l'être, maintenant la maladie, contagieuse en plus. Sachant le Seigneur défaillant, il fallait donc s'en remettre aux hommes. Ils aimaient ça. Marcel l'avait observé. Ils aimaient ça, les hommes, quand ils n'étaient pas partis ou pas encore, avoir de quoi offrir, à jouer les fanfarons de petites besognes. Vivre avec une mère célibataire, c'est apprendre assez tôt à observer les approches mercenaires des cueilleurs de solitude. Quand le manque de tout tournait violent, souvent, sous l'occupation nazie, occupation passée à se calfeutrer et à attendre, le défilé n'en était que plus soigné. Les hommes, Marcel s'en moquait. Mais d'un homme, il manquait. Son père. Cet interdit. Ce silence. Toutes ses questions sur le sujet lui sont toujours revenues au visage avec une violence à faire saigner. Maman rude, sèche, cassante quand il faut. Elle a appris. Par la force des choses et de la mauvaise fortune. Le père dont on ne parle pas, celui qui tourne souvent dans les pensées de Marcel, comme on imaginerait une bête tenue à distance du troupeau mais qui ne s'en éloigne jamais vraiment. C'est l'image qu'il s'en fait. Il en rêve, il spécule, il invente, il en crève de colère aussi, parfois, sans jamais montrer, quoique ses rages puissent être brutales. Mais pour des motifs dérisoires. Pas pour l'essentiel à son cœur. Personne ne lui parle de son père. Père qui n'existe pas. Il ne parvient pas à se résoudre, orphelin à moitié, impossible. Comme si Maman et lui étaient seuls pour de bon.

Mais Maman n'était pas seule, elle avait Marcel et c'était bien suffisant pour tenir une promesse de vie heureuse. Quitte à devoir jouer des coudes. Et des faveurs. Même au goût du crève-cœur. Maman avait eu, par le passé, des affinités communistes, convaincues et combatives, loin de sa petite bourgeoisie de naissance. Accepter de frayer avec la haute, ce n'était pas son genre ni sa paroisse. Mais la politique attendra que son fils guérisse. Elle reviendra après, avec ses principes. Pour l'instant, l'Internationale était priée de la boucler et, pour tout dire, elle la bouclait depuis déjà un bon moment, revenue de l'aventure, Maman. De l'argent elle en avait, petit héritage. Il lui brûlait parfois les doigts, pas cette fois. Tout est compromis. Comme avec cette chorale à l'église. Pour le plaisir de chanter, de s'abandonner, et qu'importe si, pour cela, il fallait faire de fausses courbettes à un dieu et se donner des airs le dimanche matin, sans importance. Une maman prête à négocier avec elle-même, quand cela le mérite : par plaisir, la chorale ; par survie, son fils.

Bulletin de santé de Marcel,
par le docteur X, médecin généraliste de Lyon.

Mai 1948, se fatigue de plus en plus, recommence à maigrir, à tousser, à cracher avec élévation de température. Poussée à droite.

Apparition d'un foyer de condensation excavée juxta-scissurale à droite.

Octobre 1948

Jour de brouillard. Le train jusqu'à Saint-Gervais depuis Lyon. Maman, à la demande de Marcel, ne l'a pas accompagné jusqu'à la gare de Perrache. Il trouvait ridicule la scène sur le quai devant tout le monde, en tout cas telle qu'il l'imaginait. Alors Maman l'a embrassé devant la porte de l'appartement avec douceur, à portée de fuir à jamais. Elle aime son fils. Le lui dire ne suffit même pas. Elle a demandé à un voisin de le suivre discrètement pour s'assurer qu'au moins il aurait la force d'aller jusqu'à la gare avec sa valise. Elle a su qu'il était parti, comme prévu, à l'heure prévue, dans le train prévu, sans horizon de retour immédiat. Avec la peur. Le désastre possible sous les soupirs. Ce jour-là, elle a repensé à ce qu'elle disait souvent à son fils, alors plus jeune, au sujet des contes pour enfants, elle qui faisait de tout une morale, une occasion, un prétexte pour une leçon :

— As-tu remarqué une chose dans les contes que nous lisons ?

— C'est triste.

— Triste, c'est certain. Non, je pense à autre chose. Regarde comme les héros sont toujours obligés de partir, tu as remarqué ?

— Non.

— Alors tu n'es pas attentif.

Marcel a appris très vite à ne plus s'offusquer du ton péremptoire d'une mère qui se confond avec l'institutrice au moindre prétexte. Cela aussi est part de la leçon.

— Hansel et Gretel, le Petit Poucet, Blanche-Neige, Alice... Ils s'en vont tous, ils quittent leur maison, contraints ou non, par choix ou non. On ne peut pas devenir héros d'un conte si on reste à la maison.

— Enfin, tu sais, Maman, j'ai pas très envie d'être dans un conte, c'est trop de malheurs.

Peut-être son fils a-t-il un potentiel de héros de conte de fées malgré lui, malgré elle, il lui reste cela en prière, le jour de ce départ insensé, le jour où une mère laisse filer sans combat tout ce qu'elle a.

Le car est posé, trapu, sur le parking, à Saint-Gervais. Le car qui affiche sur le carénage avant :

« Les Contamines – Plateau d'Assy ». Comme tant d'autres avant lui, Marcel croit lire « les contaminés », alors qu'il faut comprendre plus simplement que l'engin relie tous les jours les Contamines-Montjoie au plateau d'Assy. Il sera bien temps d'en rire dans une autre vie. Mais il est encore temps de constater que c'est le dernier lieu où l'on se mélange à peu près entre contagieux et non-contagieux. Cette fois, pas de tentation, le car est vide, sinon Marcel. C'est étonnant. C'est normal aussi.

L'automne vicelard a la tiédeur collante et la visibilité barbouillée. Le pommeau de vitesses accroche avant les virages, les coups de frein et de volant font le rythme entêtant. Autour, l'épaisseur, la poisse, l'humidité, le brouillard. Possessive arrière-saison. Plus ça va, moins l'on voit.

— Qu'est-ce que vous faites ? Est-ce qu'on s'arrête ?

Marcel s'étonne de voir le chauffeur se garer bien vite sur le côté, à mi-pente après à peine une demi-heure de montée dans la purée de pois. Il a calé sa machine dans un tout droit, dans un virage, avec léger dérapage caillouteux, frime plus que nécessité.

— Vous êtes arrivé, rassurez-vous.

Il est gentil à sa manière, sans trop en faire.

— C'est pas courant d'embarquer des jeunes, avait-il dit au départ avec le ton de la sympathie mais tout en ajoutant : enfin, en général, ils vont pas dans cette direction les jeunes, enfin… c'est plutôt vers le Roc des Fiz, le sanatorium pour enfants, vous voyez. Mais vous, c'est différent, si je comprends, enfin pour ce que ça me regarde…

Marcel ne voit pas, non, mais il n'est pas à un détail près d'incompréhension. Roc des Fiz. Le joli nom d'aventure. Sauf qu'il n'emprunte pas cette route des Fiz et qu'il se noie pour l'instant dans un brouillard suffocant et que, dans la panique et l'angoisse, il sent monter l'engourdissement de la respiration et l'étouffement comme il déboule parfois sans prévenir, le souffle qui coûte, qui corrompt. Aux alentours, il n'y a que le vide rempli de bouillie. Il est déjà perdu. Déjà, si vite. Le regard vers nulle part.

Marcel se maintient à la réalité et à l'espoir par la musique fine d'un grincement, aigu, léger. Un mouvement, l'agitation régulière dans le camouflage ambiant. Comme on ferait tinter pour guider. Tout à sa routine le chauffeur s'empare de la valise. Marcel s'accroche à lui des yeux et des pas, ne pas le perdre surtout ne pas le perdre, ne pas le perdre, pour un peu il lui prendrait la main, ce serait si peu costaud. Marcel fatigué, abattu, le voyage long, impuissant face au bacille. Il porte une grosse écharpe, trop grosse pour la saison, il transpire mais il a froid dès qu'il se découvre. Le grand dérèglement du corps avec ce monde autour qui joue à ne pas dire ce qu'il est, frais ou mauvais, les deux à la fois, guérisseur ou trompeur, ami ?

— La voilà.

Le chauffeur reconnaît quelque chose. Le début d'après-midi s'amuse à se faire tard. Dans cette obscurité, il n'y a rien à reconnaître.

Apparaît une pesante nacelle rectangulaire suspendue à un câble que Marcel n'avait pas remarquée, et pour cause, elle est à quelques mètres au-dessus de lui. Tenant du sarcophage, du wagonnet de mine autant que du moyen de locomotion. Installé pour les travaux, le téléphérique n'a jamais été démonté, pour les cas où…

— Vous allez gagner un temps fou, croyez-moi. Il y a eu un mouvement de terrain hier et ce n'est pas prudent d'emprunter la route avec mon engin. Enfin, c'est même impossible.

— Je ne suis jamais monté dans ce genre de truc. Il faut s'allonger ?

L'homme y va d'un éclat de rire sec et sincère. Ça tient à peu d'être rassuré.

— C'est vrai qu'on pourrait croire.

La nacelle de trois mètres de long pour à peine un mètre cinquante de large ferait le solide cercueil d'un géant. S'allonger, pas nécessaire, s'asseoir, c'est recommandé faute de garde-corps. C'est de l'optimisme délirant de bois, rivets et fer renforcé, ce matériel-là, surtout en suspension au-dessus du sol. En tout cas, pour le transport de troupes. Nacelle d'usage épisodique, mal entretenue.

— Dites-vous une chose, jeune homme, le progrès, c'est une affaire de temps. Donc si ça va plus vite, c'est bien mieux et c'est donc un progrès.

Pour qui sait ce qui attend le malade, de langueur et d'ennui, le temps ne manquera jamais, inutile d'en mettre de côté. Mais pour l'usure du voyage, le raccourci, c'est d'accord.

La nacelle a des airs aussi fébriles que Marcel. On y monte en enjambant. Un autre homme est là. Il prend le relais, il s'empare de la valise à son tour et la glisse sous ses jambes. L'affaire est rodée, chacun sait ce qu'il fait. Marcel laisse faire. Le chauffeur du bus lui fait un geste de la main.

Dans un craquement, la carcasse s'arrache du petit promontoire qui sert de quai pour avaler doucement le dénivelé et l'opacité. À chaque tour de roue développé par un câble d'acier épais comme un bras, le ciel vient à Marcel ou est-ce l'inverse, un soupçon, une dissipation, comme un réveil. Les pitons rocheux s'affinent. La rumeur d'une rivière, quelque part. Le vide en dessous, quelque part.

Il y a du calvaire.

L'altitude inquiète Marcel, il frémit de toute son anxiété, peut-on vouloir encore le mettre à l'épreuve.

Il voudrait pleurer, mais à quinze ans, on ne pleure plus devant témoin depuis longtemps, comme on ne prend pas la main d'un chauffeur de bus pour ne pas s'égarer. Le froid s'intensifie, la lumière perce. Il a le dos trempé de sueur. Il balance entre deux états. À cheval. Entre les mondes. Suspendu à un filin qui doit rompre, c'est une question de temps, cela ne peut pas tenir, aussi simplement, tout va se fracasser sur les rochers en contrebas. Finir dans le fracas de sang et de fer. Déchiqueté. La peau en miettes.

Quand tout à coup, alors que le dénivelé s'amoindrit, alors que la trajectoire perd de sa verticalité, s'ouvre une clairière, apparaît le vaisseau, le sanatorium, la terre autour, comme le brouillard s'échappe. Ocre, rouge, pense Marcel, rouge, ocre, un bâtiment, puis un autre, plusieurs même. Dans le vert des forêts denses autour, dans le bleu forcissant avec la hauteur d'un ciel soudain, dans le gris de la roche pour mur de fond. La tête Noire, le mont Blanc, le mont Maudit et d'autres encore, les portes de Barmerousse et du Platé, le passage du Dérochoir. Le paysage. Les piliers. Le temple tout entier, les nuages plus bas. Les mains posées sur un linteau de bois aux vagues allures de soutien, c'est donc ici qu'il vient s'enfermer, dans l'horizon d'entre les pans escarpés, au milieu des paraboles à l'air pur. Ici, dans ce colosse de béton et son décor de clarté. Il y a de quoi s'extasier, parce que c'est beau, grandiose, splendide diront plus tard des médecins, diront encore plus tard des touristes fatigués du quotidien et affectés de tout. Mais à son âge, on retient l'idée d'être un pestiféré avant de s'émouvoir d'une verdure.

Dans son mouchoir, Marcel tousse. Une trace rouge, le sang pourri des poumons sculptés par le mal. Sur un mur ou dans un tissu, il sème sur son chemin des gouttes de lui, comme des avertissements ou comme un cri, ne m'oubliez pas. Si vous me cherchez, suivez la trace. Ne m'oubliez pas.

Sa mère le rêve héros, il se croit effacé, prêt à n'avoir aucun avenir, à ne laisser aucun souvenir aux autres.

À son arrivée, on a installé Marcel sur une chaise roulante, il n'en pouvait plus, il s'est évanoui. Après avoir été suspendu à un fil, il roule jusqu'à sa chambre.

Il y passera les trois premières semaines. Alité. Sans un regard pour ailleurs. Enfermé, stricte consigne. S'il avait pu, su, regarder le jardin, il aurait observé ce que l'homme cherche à tenir en laisse, l'altitude et les crevasses, discipliner l'impossible, dans des élégances jamais observées par telle hauteur. Oubliant un peu vite que la montagne dévore le soleil chaque soir et que les étoiles se taisent.

Bulletin de santé de Marcel,
par le docteur X, médecin généraliste de Lyon.

Échange entre médecins, *cher confrère* de rigueur, et sous le mot en lettres majuscules *PRONOSTIC* souligné deux fois :

Au point de vue survie : Réservé.

Octobre 1948

Marcel connaît de la mer ce que le Rhône ou la Saône peuvent bien promettre. Et ses lectures aussi. Il ignore qui a sorti de son bagage et déposé, à son arrivée, son livre sur la table de chevet. Un livre sur les naufragés, lu et relu. L'horreur du *Batavia*, la solitude de Selkirk, le naufrage du *Titanic*. Il sait. Le livre est là. Seul détail du chez-soi. Ses affaires, les autres, ont été placées dans l'armoire de bois sombre et brillant, patiné, sans doute par les mêmes mains que pour les naufragés. La pièce est meublée d'élégance, d'une touche de luxe, dépouillée à la fois, sobre, un porte-manteau, une fenêtre coulissante d'envergure donnant sur l'horizon.

Marcel a été marqué, dès les premiers échanges au sanatorium, par l'usage nord-sud, les repères cardinaux. Comme dans son livre de marins égarés.

À la course des étoiles, à l'intuition, la navigation au flair. Tout se décline en aile sud-nord, en mur nord-sud, en orientation, il faut apprendre à caboter. Il n'a pourtant jamais été aussi immobile, ferré dans son lit par la fièvre et les consignes. Une petite terrasse plein ouest, comme pour toutes les chambres, pour un ensoleillement entier. Encore la boussole. Toujours le repère calé sur la course d'un astre dont on fait un absolu maître guérisseur.

Il n'a jamais cru, jusque-là, qu'il pourrait mourir, et il n'a pas changé d'avis. En tout cas pas mourir de cette maladie. Il a appris le mot « tubard » au passage, de la bouche de Gabrielle, l'infirmière qui l'a accueilli. Tubard, tuberculeux. Comme on muscle son vocabulaire et son identité. Il se dit que cela fait ouvrier spécialisé, pas malade, pas plus que demi-dieu. Non, il ne se voit pas mourir si vite, qui plus est dans l'absence de public d'une chambre claire. Il réclame de l'héroïsme, à la Cyrano dont il a appris la tirade des « non merci » pour lui-même, lui seul, et le plaisir de s'imaginer du panache. Mais enfin, l'héroïsme, il y en a aussi tout plein les monuments aux morts de presque son âge, alors le goût lui a passé, le goût a fané.

La fatigue, à ce stade, n'a rien à envier à la solitude. Les amis, Maman, les absences. La solitude et son demi-frère, le silence. Parfois, le vent dans les stores et encore. La ville, sa ville, était pourvoyeuse de bruits, avec un périmètre sans cesse élargi. De quoi s'abreuver sans étancher. Quand il était enfant, enfin disons plus enfant qu'aujourd'hui, Marcel demandait à l'heure du baiser du soir à Maman :

— Tu vas bientôt te coucher ?

Ce n'était pas de la crainte mais le plaisir de la savoir, encore un peu, à ranger, lire, écrire, corriger, s'agiter dans le murmure ou le brouhaha qui font la présence. Marcel a toujours aimé s'endormir à cette musique. Il aimerait embrasser Maman, menton fiché dans le creux de l'épaule maintenant qu'il la dépasse.

Au lieu de quoi, il découvre qu'on peut décider de tout l'inverse. Claquemuré. Au sanatorium de S. le calme pousse entre les fissures les plus fines, en colmatage. Avec le soleil, c'est le grand ouvrage. Il y a du linoléum dans les couloirs – on dira lino plus tard, ici on dit linoléum à s'en prendre les pieds dans l'ordre des lettres. Un chariot qui roule ne raconte même pas le couinement d'une roue, c'est dire le régime sec. Les cures sont là pour ça. Se taire et ne rien faire. Ni musique ni babillage. Certains malades toussoteux, crachoteux, font même attention à ne pas trop se faire entendre, c'est le cas de Marcel qui suffoque le nez dans l'oreiller, à s'en déchirer les vases intérieurs qui lui servent encore de poumons, il respire comme on chiffonne du papier.

Ce temps dédié au silence relève de l'abomination. Les premiers jours, il lui vient le sentiment étrange d'être abandonné ici, dans son lit, livré à lui-même.

Des points cardinaux sans horizon. Le pouvoir au silence. Marcel se demande ce qu'il lui reste de vivant. Il n'a encore fait la connaissance de personne ou presque. Elle arrive justement, trois coups à la porte, quelques secondes d'attente, elle entre. Sa méthode, sa marque.

Gabrielle. L'affranchisseuse. Depuis le début, en piquetage, elle est celle qui décore la vie solitaire du garçon. Qui pourrait dire si elle est tonique ou agitée, elle n'est jamais loin du désordre.

— Marcel, bonjour.

Elle ne demande pas s'il a bien dormi, elle devine la réponse à la gueule du client. Elle s'assoit toujours sur un côté du lit et pose une main chaude sur le bras du garçon. Elle ne fait cela qu'avec lui mais il n'en sait rien. Le contact le trouble toujours. Dans ce geste doux et attentif de Gabrielle se cache l'exception qu'il ne peut encore que deviner. Seul enfant ici. Unique en son genre. Maman l'a prévenu, essayé de l'acclimater un peu, sans trop de détails. Comme toujours. Il aurait une place à part là-haut. C'est une chose de l'entendre, une autre d'être immergé dans ce monde de grands, d'adultes et de n'avoir pour soi que sa différence d'âge.

Gabrielle explique beaucoup : un emploi du temps, une expression qu'il vaut mieux connaître, les nécessités de bien manger et de bien respecter les temps de cure. Elle fait dans la pédagogie du soin. Elle y met sans doute le cœur et l'attention qu'elle n'accorde pas à des plus anciens ou à des moins fragiles. Marcel est une exception dans le paysage.

Tout n'est que rituel avec elle et dans tout le sanatorium d'ailleurs.

Les frictions avec un gant de crin imbibé d'alcool tous les matins. Jambes d'abord, poitrine ensuite. Sa presque nudité à lui, son indifférence experte à elle. Il se laisse faire. Elle est attentive, sans brusquerie ni mauvaise pudeur.

— Cela fait disparaître les sueurs. Et ce n'est pas si désagréable si ?

— Non, non…

Manière de dire peu pour ne pas hurler le contraire. Il déteste cette rupture, l'intrusion, la chair à vif parce qu'au contact.

Pour ajouter à la gêne, Marcel s'étonne de l'attention accordée à ses jambes, à sa peau, pour une affaire qui se joue à l'intérieur, au milieu de tout, mais ce n'est pas si grave, plus si grave. Il ne cherche pas à comprendre sa maladie et son désordre. Il se moque du pourquoi, de l'évolution, il méprise les images que l'on donne à cette malédiction et qui semblent le réduire à son enfance. On n'en finit pas de lui traduire sa tuberculose en termes ridicules. « Comme des graines de millet disséminées dans tes poumons », lui a expliqué le médecin-chef de S. peu après son arrivée, le docteur Pellarin. Aucun sens lisible. Il ne sait pas exactement ce qu'est le millet. Il n'a pas réagi comme il finit par ne plus réagir aux frictions. Parfois, dans des cauchemars de fièvre, il imagine que du blé pousse dans sa poitrine. Pour beaucoup, tout tient dans ces incompréhensions, les adultes s'expriment en une langue médicale qu'ils pensent à hauteur de Marcel, ils y mettent une poésie ou une bonne volonté ou une sincérité qui ne fait qu'ajouter au tourment. « Tu as des côtes comme des arêtes », dit encore l'infirmière. Alors, il se voit devenir animal marin, guère plus prometteur que champ de céréales.

Gabrielle, sur une petite feuille et d'une écriture tout aussi petite, a recopié une « journée type », avec les horaires type, « et quelques ajustements en fonction de la saison et du standard ».

— Le standard, c'est quoi ?

— Le standard, c'est un mot important ici, tu ne sais pas, mais tu n'es pas tombé n'importe où, c'est tout comme un palais. Moi, j'y suis petite main, mais il y a du grand monde ; et, tu verras par toi-même, dans le grand monde, il y a des niveaux : c'est le standard.

Marcel comprendra avec le temps et l'expérience que Gabrielle parle standing, elle mélange, elle inverse, elle conjugue selon elle, mais il conservera l'habitude de faire fonction du standard des uns et des autres. Standard et tubard, les initiés à la manœuvre.

— Attends un peu de découvrir tout ce qui t'attend. C'est long, seul, dans ta chambre, je le sais bien. Mais cela vaut le coup de patienter, voilà. Tu sais que d'autres malades, dans les autres sanatoriums, donneraient beaucoup pour être à ta place. On a accueilli des vedettes.

— Qui comme vedette ?

— Marie Curie, figure-toi. La grande Mme Curie. D'ailleurs, comme toi, elle s'est évanouie d'épuisement à son arrivée. C'était un peu avant la guerre, quelques années avant.

— La dame des sciences ?

— Oui, voilà, la dame des sciences et du Vadium.

— Vadium ? Radium ?

— Exactement. Une tête solide, cette femme… c'est moi qui lui prenais la température, tu sais. Mais elle voulait toujours vérifier le chiffre elle-même, en tenant le thermomètre dans ses doigts brûlés. C'est la science, la science, la science, ces gens-là, c'est quelque chose, les chiffres jusqu'au bout, même pour si peu qu'une température.

— Elle a guéri rapidement ?

— Houlà, houlà non. Je me souviens encore qu'elle me dit, c'était quelque chose comme en juillet, qu'elle n'a plus de fièvre et que c'est bon signe. « Ce ne sont pas les médicaments qui m'ont fait du bien mais le grand air », qu'elle me raconte, sans trop de sourire non plus dans la voix et sur les lèvres. Voilà que je réponds, oui, pour sûr, que c'est bon pour les poumons le grand air. Et puis patatras, la nuit du lendemain, elle se réveille pas.

— Elle est morte ?

— Oui, sans fièvre, elle est morte quand on pensait tous l'inverse, que le plus dur était passé mais non, pas cette fois. Voilà. Cela arrive.

— C'est pas très rassurant.

— Après, attention, elle est pas morte de la tuberculose, elle est morte d'autres rongeries. Une anémie ou un truc dans le genre.

— Pourquoi vous me parlez de ça alors ? C'est si bien que ça d'être au même endroit que quelqu'un qu'est mort ici d'autre chose que la tuberculose ?

— Tu retiens qu'un morceau de ce que je dis. Ce que je dis, c'est qu'il y a du monde qui se bouscule pour être dans cette chambre ou une autre. Et que ce monde, c'est du beau monde. Tu vois ? Et ça, c'est chic. On passe pas non plus son temps à mourir, faut pas croire.

Sa place il l'aurait pourtant volontiers abandonnée à qui veut, qui prend. Mais à travers Gabrielle s'offre, chaque jour un peu plus, une promesse à laquelle, à défaut de croire, il se raccroche timidement pour ne pas dépérir. Voir, voir, le trésor d'en bas. Voir sa part, fonction de son standard. Car si d'autres sont envieux, c'est qu'il y a de quoi et, pour l'instant, même si sa chambre est d'un confort élégant, ça ne mérite pas la convoitise.

Mais cette envie voyage accompagnée, avec une sourde malice. Le doute pousse derrière chaque perspective dressée par Gabrielle.

Comment l'enfant de mère seule, institutrice, comment peut-il prétendre à sa portion du trésor ? À sa portion de Marie Curie ? Cela n'a aucun sens, aucune explication valable. Certains donneraient beaucoup pour être à sa place ? Ce n'est pas tant le trésor qui le pousse à la tourmente que l'accès au trésor. Malade et riche, tout aussi soudainement. Dans son livre de naufragés, jamais, jamais aucun ne tombe par hasard sur une île et son pactole. Aucun trésor ne tombe jamais du ciel ou d'une fièvre maligne. Même Ulysse, copain des dieux, n'est pas verni à ce point.

Pendant ces trois semaines à l'isolement forcé, Marcel a le temps de se bâtir des obsessions solides. Il veut comprendre pourquoi il est là. Là, ici, dans ce sanatorium-là. Pas un autre. Celui des richards. Celui du confort et du standard. Marcel n'y peut pas subvenir. Qui donc ? Quel miracle ? Quelle supercherie ?

Octobre 1948

Trois semaines à l'isolement malgré soi, cher payé pour ne pas contaminer ceux qui le sont déjà. Trois semaines, abattement. À tanguer dans les mirages. À voguer à la détresse. Il va mieux, timidement. Il n'en est pas soulagé pour une raison principale : il ignore qu'il est écrit quelque part qu'il a signé un sursis avec le destin. Il n'a donc pas le privilège de l'enthousiasme du mieux et du pied de nez à la providence. Il se prend déjà à imaginer l'après, à la Croix-Rousse. L'élan retrouvé, reprendre là où l'histoire s'est interrompue avec Andrea. Repartir à l'assaut des pentes lyonnaises, les excursions au parc de la Tête d'Or, chanter aussi. Fort. Ils avaient tous les deux un projet de pièce de théâtre, très vague projet. Marcel aimerait monter sur scène. Faire l'artiste. Sous le regard des autres. Le texte à la rigueur, il n'y pense pas vraiment, s'il est sur scène. Il pourrait réciter du Cyrano pour commencer. C'est rageant d'avoir à attendre.

De Maman, il a les courriers.

Tous les deux jours, habitude prise dans la solitude des premiers instants au sana. Deux jours, pour retrouver de quoi nourrir la feuille et ne pas paraître non plus trop découragé ou épuisé à Maman qui attend de l'autre côté de la vallée, du département, du monde, grignotée par une détresse dont elle ne dira jamais rien. Marcel fait des fautes. Il s'applique pourtant, il lui arrive de barrer un mot pour un autre, plus simple à orthographier. Pour la diversion des sentiments, il sait, mieux que d'autres, que Maman ne va s'attarder qu'à ces détails de la langue. Les anicroches font la nourriture du cœur asséché par le manque. Pour ne rien arranger, Marcel écrit avec la platitude de son quotidien répétitif. Factuel et désordonné. Irrégulier. Lassant, se lassant. N'ayant à raconter que la récidive, d'un jour comme une heure, comme une minute, le décalque infini.

D'autant plus indifférent qu'il n'écrit pas l'essentiel, qui tient en un « qui paye ? ». Dans la nuit, quand il ne dort pas, il se répète cette question jusqu'à engourdissement, une transe.

Alors, dans une lettre qu'il n'a pas voulue si insipide que cela mais qu'il a rendue d'autant plus navrante, il s'abandonne. Lui qui ne va jamais au-delà d'un recto, cette fois, il retourne la feuille. Au verso, tout en bas. Un post-scriptum égaré. Il ajoute : « comment on s'offre le sanatorium ». Sans autre fioriture. Sobriété au firmament. Sans majuscule en début de phrase. Sans point d'interrogation. À sec. Il veut connaître l'origine de l'or. Un mutin.

Maman, quelques jours plus tard.

Une lettre recto. Et au verso, tout en bas. Avec majuscule et ponctuation, réplique : « Tu veux dire, "Comment paye-t-on le sanatorium ?", c'est cela ? » La reformulation vexatoire. Avant d'ajouter : « Rassure-toi, c'est tout ce qu'il y a de plus honnête et cela ne nous met pas en péril, je suis sereine. »

Repris, rectifié, réprimandé. À sec. Donnant-donnant. Avec l'implicite de ne pas y revenir.

Marcel devine par accumulation, sans insistance, à la manière des touches qui font point par point les paysages, que ce qui est important relève du caché. L'ordre ainsi préservé. Le caché.

Trouver le soleil tout en haut n'est peut-être qu'un prétexte pour dérober ce que la tuberculose mérite de dissimuler à la face du monde. Le caché, il faut une bonne raison pour y avoir accès. Ce refus aux airs de réprimande, cette manière de l'enfermer dans son âge, dans sa candeur ridicule, le rend nerveux, irritable, presque un peu excité. De l'excitation d'enfance que l'âge refuse de confondre avec l'enthousiasme.

Gabrielle est avec lui lorsqu'il s'apprête, enfin, à sortir de sa chambre. Elle passe la première.

— Attention où tu mets les pieds.

Sur le pas de la porte, une poire. Une poire sur le sol, tombée.

Elle est belle, ronde, charnue, aux teintes vertes tirant par endroits sur le sombre. Elle est là, au risque de se faire piétiner, seule, offerte, fruit dont on jurerait qu'il a poussé là.

Elle est belle, ronde, charnue et très légère. Trop. Elle est creuse, vide. C'est une poire d'hiver et de cire. Elle l'attendait, elle est plus vraie que nature. En la prenant dans sa main, Marcel a une association d'idées, comme des fragments d'étoiles surgis de nulle part viennent se télescoper pour donner une autre étoile, sans que cela existe pour de vrai ou pour du sens, sans la moindre valeur intellectuelle ou rationnelle, sans aucun appui logique.

En fixant cette poire, il a la certitude que son père est là. Dans le sanatorium. Que c'est l'explication de sa présence ici à lui aussi et des cachotteries de sa mère. Poire et père pour une journée de sortie, sacrée journée. Le grand saut.

Octobre 1948

La première heure fut d'observation.

La deuxième heure fut de spéculation.

Au soir tombé, Marcel n'y tenant plus, avait posé la question à tout ce que le bon sens et le hasard lui avaient présenté de bonhommes.

« Cette poire, c'est de vous ? »

Ce qui en somme n'a rien de follement invasif.

« Cette poire, c'est à qui ? »

Il n'interpellait que les hommes dans ce sanatorium mixte, et à la mixité toute laxiste et disponible, avec une répartition hommes-femmes relative, chacun son étage pour la forme. Ce qui n'avait pas manqué de surprendre Marcel. Il ne s'attendait pas à être mêlé, aussi, à des femmes.

« À qui est cette poire ? »

Consécration de l'évidence, du trop chic, du trop beau, du trop tout à la fois. Le père se dissimulait derrière chaque cloison, chaque meuble, chaque assiette, chaque peinture, chaque fresque, chaque matériau, derrière la splendeur pleine et entière de ce bâtiment aux allures de provocation.

— Je commence par la salle à manger, c'est un lieu important, tu pourras choisir ta place. Elle n'est pas définitive. Tu changeras quand bon te semble.

Gabrielle faisait les présentations. Elle le tenait par le bras.

— Il y a un menu unique chaque jour et la carte à côté. Tu peux commander ce que tu veux sur la carte mais cela vient en plus. Il faut payer en plus. Le menu change tous les jours. Tu comprends ?

— Oui, je comprends, c'est un restaurant donc.

— Un restaurant, voilà. Pense juste à voir avec ta maman si elle est prête à te laisser prendre des plats différents du menu. C'est plus cher.

— Est-ce que vous savez que je ne suis jamais allé au restaurant ?

— Voilà, alors c'est un début. Pense à bien te nourrir, la guérison commence par l'assiette. Il faut manger.

Gabrielle et la carte des plats ne disent rien de l'extravagance de la salle, parce que blasées du spectacle. Une rotonde cerclée de fer, la lumière en fragments éblouissants, des appliques ajourées, une hauteur sous dôme inouïe, sur les murs un bleu tirant pastel. Ce ne sont que rondeurs, courbes et demi-cercles, la célébration que l'on doit à la conquête. Un sol recouvert de mosaïques bicolores formant de grands carrés, concentriques. Et, au centre de chaque carré, quatre chaises, une table de bois verni et foncé à la fois, comme dans sa chambre, un bouquet de quelques fleurs dans un vase de cristal. S'égaillant autour et en cadence, des hommes de salle. Veston blanc, nœud papillon et pantalon noir pour les serveurs ; costume, nœud papillon noir et chemise blanche pour le chef de salle. Le carnaval du tout grandiose. C'est trop. L'inadapté, le surclassé, le hors catégorie. Marcel n'est pas du cru.

Dans le désarroi de son arrivée confuse et fiévreuse après le téléphérique, Marcel n'a pas perçu l'orfèvrerie médicale. Il croyait embarquer dans un hôpital, il vient de prendre pied dans un palace. Il redoutait senteurs d'éther, il respire effluves d'opulence.

Et encore, ce n'est que le restaurant. À mesure que Gabrielle pousse les portes de la salle de spectacle, de la bibliothèque gargantuesque, du salon de repos aux élégants fauteuils en rotin, Marcel tourne pâlot et exsangue.

— Je me demande si tu n'es pas sorti un peu vite, tu es bien cerné, soudain. C'est trop pour toi, cette petite promenade.

— Peut-être bien. Toutes ces choses à regarder.

— Voilà, c'est ce que je dis. Tu n'étais pas prêt.

— Si, si, je suis prêt. Je vais juste reprendre mon souffle.

— Oui, ça, c'est classique aussi, vous êtes nombreux comme ça.

— C'est une expression, une façon de parler, Gabrielle.

— Voilà, c'est ce que je pense aussi, aussi une façon de respirer, mais c'est la maladie.

— Peu importe. Merci de la visite, je crois que je vais continuer tout seul.

Gabrielle lui lâche le bras. Regard sceptique. Elle laisse faire. Marcel sourit en retour au nom de cette tendresse qu'ils acceptent de partager.

Cela a commencé ainsi.

La suite ? La traque. Les hommes point par point. Marcel, sa méthode. Aborder, accoster avec ses yeux cernés, sa pâleur, ses manières de retenir la toux. Certains pensionnaires offrent un bonjour poli à Marcel, certains se présentent, d'autres n'affichent rien de particulier au visage, les autres encore montrent de l'étonnement de croiser un adolescent en un tel établissement réservé pourtant aux adultes. Il est même pris pour le fils aîné du médecin-chef, ce qui n'arrive pas souvent et pour cause. Le docteur Pellarin vit avec sa famille dans un appartement situé au rez-de-chaussée et au centre du bâtiment construit tout en longueur selon des schémas symétriques, simples, élégants. Installée au cœur du grand ensemble, la famille du médecin-chef ne peut pas passer inaperçue, l'existence d'un enfant caché n'a donc aucun crédit, y compris dans ce marigot où prospère la moindre rumeur, nourrie d'ennui. L'apparition d'un fils prodigue ne fait pas recette.

Mais tout à son obsession soudaine, Marcel se moque de sympathiser ou d'être l'objet de spéculations. Il scrute. Il chasse une attitude douteuse, un geste équivoque, tout ce qui aurait pu alimenter sa quête.

Il cherche la courbe d'un nez pour similitude, n'importe quoi, une malice, une maladresse, ce qui pourrait nourrir la bête, un regard en coin, une croix sur sa carte de navigation.

Son père doit se cacher quelque part. Ceci explique cela. Il cherche une logique, un ordre des choses. Sinon ? Sinon, il ne serait pas là.

Après la cure de deux heures imposée à chacun dans la solitude, balcon, chambre, soleil, il reprend. Sans aucun succès. À bout, laissant pourrir sous le coup de la fatigue sa pudeur et sa distinction, il se décide à questionner. Au hasard, à l'intuition.

Façon distante, vous n'auriez pas vu mon père ?

Façon inquiète, je cherche mon père, savez-vous s'il est ici ou s'il est parti pour quelques jours ?

Façon légère, à mon âge, perdre son père, c'est fort de café !

Façon désespérée, êtes-vous mon père ?

Coup de trop. Accablé, il aura demandé à neuf reprises à des inconnus, si, par chance, par opportunité, par désir, ils étaient celui-là qu'il cherchait, le père. Il a posé la question à des étrangers, plus ou moins entamés par la tuberculose, plus ou moins à l'écoute et conciliants.

— Vous vous êtes ridiculisé, Marcel. C'est avant tout ce que je retiens.

Le médecin-chef Pellarin a la manière maître d'école. Marcel a bien assez à faire avec Maman, il n'a pas besoin qu'on double la mise.

— Qu'est-ce que vous croyez ? Qu'on peut importuner à qui mieux mieux ? C'est raté. Le règlement s'impose à vous comme aux autres. Vous n'aurez aucune excuse de minorité avec moi, aucune. Vous avez voulu jouer parmi les grands, jouez donc selon mes consignes.

— Je n'ai rien voulu du tout.

Ce n'est qu'un murmure bougon.

— Pardon ?

— Je n'ai rien voulu du tout. Je n'ai pas choisi d'être envoyé ici.

— Parce que vous vous plaignez ? Regardez autour. Regardez. Ce confort, ce luxe, devrais-je dire. J'ai participé à la construction de ce sanatorium, le plus élaboré et soigné du plateau d'Assy. Tout y est réfléchi et pensé, c'est du grand ouvrage.

— Je sais, oui, il paraît même qu'on nous envie. Je connais l'histoire de Marie Curie.

Pas de réaction de l'autre côté de la table. Dans le huis clos de ce bureau étrangement étroit en comparaison de tout le reste, mais dont la grande fierté tient en un appareil : un ancêtre du négatoscope, une table lumineuse rudimentaire. Le médecin-chef y pose les calques sur lesquels il représente les poumons de ses patients à coups de crayon rouges ou bleus selon l'avancée de la maladie. Il en est si fier qu'il la laisse toujours allumée, aiguisant l'éclairage de la pièce d'une blancheur désagréable. Il se montre plus avare des courbes de mortalité qu'il tient à jour sur un graphique. Chez lui comme ailleurs, on meurt encore de la tuberculose. Il y a cette histoire de vaccin dont on dit qu'il pourrait être généralisé, le bacille de Calmette et Guérin, mais on n'y est pas encore et ce gamin n'échappe pas au risque et aux statistiques. Cet enfant qu'on lui a confié montre tous les signes d'une maladie dévorante.

— Parfaitement, on vous envie.

Il a un geste du bras, comme pour dire, contemplez, contemplez encore Marcel.

— Et cela devrait vous réjouir mon garçon. Votre âge ne vous offre sans doute pas la conscience nécessaire, mais vous y viendrez. En attendant, montrez-vous digne.

— Digne ? Je ne manque pas de dignité. Je n'ai pas demandé à Maman de m'accompagner à la gare, je l'ai fait seul et à mon âge qui fait ça ? Qui fait ça de quitter son chez-soi pour venir se ficher au milieu des grands, des plus grands partout, avec des conversations qui ne parlent de rien de ce que je suis et de ce que j'espère ?

— Je n'ai pas dit que vous manquiez de courage, Marcel. Sur ce point, c'est acquis, vous êtes valeureux. Mais je me répète et j'insiste. Je suis au regret de vous dire qu'aujourd'hui, avec votre cinéma, vous avez manqué de dignité. Honteusement. Et cette poire, bon sang, mais c'est d'un comique dont notre établissement n'a pas le goût.

Il a articulé son « honteusement » avec la délectation de celui qui veut faire mouche. Marcel n'a pas le cœur au combat, il est blessé, conscient de la folie naïve de son attitude. Il faut se rendre.

— Désolé si je m'y suis mal pris. Je me suis dit des choses.

— Des choses ?

— Oui, je me suis dit des bêtises, parce que j'ai trouvé cette poire devant ma porte. J'ai pensé que c'était peut-être pour me dire quelque chose.

— Vous savez, j'avais un chat autrefois et il m'apportait des oiseaux morts le matin pour me remercier, directement sur le paillasson. Ça reste un chat, on n'importune pas tout le monde pour ça. Et un oiseau mort, ça finit dans une poubelle.

— Oui mais justement, là c'est pas un chat, c'est bien quelqu'un, non ? Qui fait ça, ici ? Pourquoi ? Pour me dire quoi ?

— Pour vous souhaiter la bienvenue, je suppose. Un point c'est tout.

— Est-ce que c'est la personne qui paye pour tout ce luxe ?

— Pardon ?

— Est-ce que c'est la personne qui paye pour ce sanatorium, pour ma chambre et le restaurant ?

— Je ne suis pas certain de comprendre la question. C'est votre mère qui paye, Marcel.

— Pas quelqu'un d'autre ?

— Non. Pas que je sache.

— Est-ce que c'est mon père qui paye ? Est-ce que c'est lui qui m'a offert cette poire, pour me signifier qu'il est ici ?

— Ah, nous y voilà donc. Marcel, de vous à moi, et dans le secret de ce bureau qui abrite depuis une dizaine d'années bien des secrets justement, votre père n'est pas là. Je ne sais pas d'où vous vient cette lubie. J'ignore qui il est, ce qu'il fait, même si scientifiquement il existe forcément. Et s'il faut vous rassurer, je m'engage à une chose : si j'apprends quoi que ce soit, je vous en informe illico. Est-ce qu'on peut en convenir ?

— On peut, oui, merci.

— Filez maintenant. Et pensez à guérir, concentrez-vous sur ce que vous affrontez et pas sur l'accessoire. Il vous faut de l'énergie pour tenir bon. Ne vous dispersez pas en vain combat. Un père, on vit sans. On ne vit pas sans poumons.

— Vous savez qu'on a cru que j'étais votre fils aujourd'h…

— Psssst… je vous arrête tout de suite. Je ne suis pas non plus celui que vous cherchez. Moi, je me répète, ce sont vos poumons qui m'intéressent.

Ce soir-là, et pour la première fois, Marcel s'installe à une table de la grande salle de restaurant. Trois autres clients, patients, curistes, comment les appeler, à ses côtés. Des gens chics, habillés de clinquant pour le soir. Lui, il porte ce qu'il a, propret sans plus. Un débat s'est vite installé sur la nécessaire répression ou non du mouvement de grèves des mineurs de Valenciennes, le ministre Jules Moch doit-il sévir, laisser faire ? C'est animé, mais personne ne demande son avis à Marcel qui n'en a pas. Il touche du doigt l'incongruité de sa situation, perdu parmi ces autres, où la réalité n'est plus qu'une idée dont on débat, sans souci réel du monde, la préoccupation du corps à soi pour seule matière et pour consolider les murs des exilés forcés.

Marcel se couche sans père et sans poire puisqu'il a méticuleusement écrasé l'objet, devenu masse molle et plate. Il est entré en scène au sana par la cour de récréation et une agitation que personne ne juge trop durement. Ce n'est qu'un enfant mais, de l'avis général, un enfant confus. L'auteur de la poire s'étant absenté ce jour-là, il n'a pas mis fin au petit cirque des illusions.

Novembre 1948

Il y eut ensuite une mandarine, ronde et manquant d'à-plat, imparfaite. Plus tard, une pomme plus réussie et enfin, un ananas. Un ananas, Marcel n'en avait jamais goûté. Bien qu'appétissant, celui-ci n'était pas plus comestible que ses compagnons de cire, avec ce même aspect entre rigidité cadavérique et joliesse.

Le cœur sec, la honte, l'échec et le bacille, cela ralentit les emballements gamins et ça en excite d'autres plus dévorants. Pour Marcel, arrivé depuis deux mois, la vie en société n'est que parenthèses, après parenthèses, après parenthèses, des anomalies. Communément, il faudrait expliquer qu'il n'a pas le moral pour faire entrer ses sentiments dans une définition.

Entre quelques regains d'énergie, saccadés, il replonge dans des états fiévreux prolongés, à peine capable de sortir du lit. L'expérience de la poire l'a laissé meurtri et plus secret encore. Il partage peu avec les adultes autour de lui. Et le paradoxe local n'aide pas à la proximité : chacun ici vient se soigner, sauver sa peau, et pour autant, entre les soins, tout ne repose que sur le plaisir, la détente, les loisirs, la diversion, le faux-semblant, le pas si grave, le tout finira bien par passer. Des plaisirs d'adultes. Des jeux de cartes, parfois financés par des paris, même interdits. Des spectacles qu'on juge vite inadaptés à son âge, par trop triviaux. On fait de la morale à bon compte sur le dos de Marcel, au risque de l'isoler dans l'isolement.

— Je ne suis jamais allé aussi loin de chez moi, et je ne suis jamais aussi peu sorti pour explorer les lieux, confie-t-il à Gabrielle.

C'est vrai qu'il ne s'amuse pas, qu'il ne fouille pas, qu'il n'a pas le goût à s'égarer dans le dédale du sanatorium.

— Ça va venir, ça va venir. La patience, ça joue dans la guérison.

Tout est remède chez Gabrielle, c'est sa marque de fabrique.

Marcel et elle échangent le peu qu'on peut partager avec un écart d'âge de plus de trente ans. Elle a cessé les frictions, peu probantes, s'en remettant à la science du soleil et du grand air, et au traitement à la streptomycine vite abandonné pour les vertiges et les troubles de la vue qu'il provoque à Marcel. Il ne s'en plaint pas. Stoïque, anesthésié.

Leurs discussions valent, au fond, mieux que tout le reste. Ils tournent autour des banalités de circonstance. Respectueux l'un de l'autre. Gabrielle, toujours engoncée dans une blouse un peu petite, Marcel, piégé dans ses couvertures. Il y a entre eux le pas de deux de la précaution attendrie. Gabrielle évite de parler de Maman, Marcel se refuse à fouiller l'histoire de l'infirmière sachant bien qu'elle vit sur place, dans un petit, tout petit appartement de l'aile nord, réservé au personnel et sans la vue. Parce que la vue, c'est pour ceux qui en ont besoin, les poumons de chiffon.

Gabrielle tient dans ses mains l'un des fruits d'illusion, déposé là.

— Tu devrais tout de même le remercier à l'occasion, il n'attend que ça. Tout le monde sait bien qui fait ça, alors.

— Comment ça, tout le monde le sait ?

— Eh bien oui, moi j'ignore si c'est mon rôle mais je trouve que c'est une bizarrerie de faire semblant. Voilà, il s'appelle Scala. C'est un… excentrique. C'est comme ça qu'on le dit. Tu l'as déjà croisé, sans le savoir, sûrement.

Elle hésite un peu sur excentrique.

— Pourquoi personne ne m'en a parlé avant ?

— Ah, ça... moi, je ne sais pas. J'ai déjà remarqué que pour bavarder sur le n'importe quoi, il y a de quoi faire, on s'en donne à cœur joie. Alors que certaines choses restent des petits secrets bien gardés. Et, connaissant le pépère, il attend des remerciements, voilà.

Elle dit voilà en y ajoutant un ou, un oualà, bien rond, tout doux.

— Il peut toujours attendre.

— Pas de mauvaise tête, Marcel.

— D'accord, mais il faut arrêter avec les mystères, là. Ça commence à bien faire.

L'horizon est sublime. Plein phare sur le mont Blanc, génie de majesté et de suffisance inébranlable. Avec les forêts de conifères en ouverture, la vallée de Chamonix pour répit et les pentes toujours enneigées pour triomphe, dans cet ordre, une vue sans équivalent depuis un lit de souffreteux. Ce n'est pas une perspective sans limites et cela la rend d'autant plus dominante. Écrasante même. La montagne tombe, Marcel la trouve menaçante, soulignée du bleu cobalt du ciel.

Sauf qu'il n'a pour horizon que la rambarde de béton de son balcon. Rien d'autre. Il ne regarde pas vraiment au loin. Il ne voit pas. Pas au-delà. En deux mois, il n'a mis les pieds dans le jardin que quatre fois et encore, pour ne pas s'y attarder. Le docteur Pellarin veut mesurer sa capacité à marcher sans s'essouffler. Ça ne dure pas la minute. Dit autrement, l'état empire après un bref espoir. Chaque minuscule reflux n'est qu'une promesse non tenue. C'est peut-être pour ça aussi qu'il n'a jamais croisé ce Scala.

Côté enseignement, calme plat. Marcel est lent, laborieux, persévérant, pas mauvais élève. À la demande de Maman, chacun s'y essaye. On fabrique du sur-mesure, on innove. Un enseignant du Roc de Fiz, le sanatorium pour enfants voisin, fait parfois le détour. D'autres patients sont sollicités pour leurs compétences, un ingénieur de formation s'amuse à des cours de maths mais il en profite plus que Marcel et l'expérience tourne court ; de même que pour la musique, qu'une ancienne violoncelliste de l'Opéra de Paris promet d'apprendre en « deux temps trois mouvements » au jeune homme. Échec. Ce n'est pas affaire de volonté, mais de concentration. La fatigue, la douleur souvent à cause des perfusions, relèguent tout le reste à l'accessoire. Marcel préfère encore mourir de solitude dans sa chambre que de s'épuiser à apprendre ce qu'il ne retiendra pas. Il a son île, sur l'île des autres. Il affiche pour tout cela le même dégoût qu'un enfant devant des saveurs nouvelles et verdâtres. Quant aux rares fois où il a la force de descendre au restaurant, de s'attabler, il écoute encore et toujours les histoires, les débats, sans un mot, comme dans toute bonne famille, personne ne l'interroge lui, sur ce qu'il pense ou rêve. Il mesure au passage que par ici, les règles sont aussi strictes que dérisoires. Chacun peut à peu près tout se permettre. Quel est ce privilège ? Certains se pavanent, d'autres ont la richesse plus discrète et mélancolique. À chacun selon ses normes. Difficile à suivre à l'âge de Marcel, ce tout est permis, sauf pour lui. D'ailleurs, il ne se permettrait jamais n'importe quoi, vis-à-vis de Maman.

Preuve que l'adulte a de la ressource, malgré l'abattement et les yeux brillants de fatigue de Marcel, le médecin-chef se met en tête d'organiser un colloque de fortune. Le sujet : sciences de l'homme. Non pas dans son cabinet, mais à l'une des tables du restaurant. Hors temps de déjeuner. Précision utile. Sans spectateurs. La lumière de cette fin de matinée est délicate, soleil bas sur l'horizon. Marcel apprend les règles, pas à pas, sans s'y soumettre plus que de rigueur, elles ne sont pas édictées pour un adolescent. Il a eu droit à quelques mises en garde sur les excès de l'alcool, lui qui n'a trempé ses lèvres que dans une anisette partagée avec Andrea un soir de fête, il y a un temps déjà loin, dans l'engourdissement du souvenir.

Gabrielle est conviée elle aussi. Parole à la force invitante.

— Dites-moi, Marcel, je suis là avec Gabrielle pour aborder un point de règlement. Bon, pas le plus simple, pour être honnête.

Il triture tellement le napperon central de la table que Marcel finit par croire qu'il va le déchirer.

— Ce n'est pas facile facile, à aborder. C'est pour cette raison que j'ai demandé à Gabrielle de se joindre à moi. Et à ma femme aussi qui ne devrait plus tarder.

En effet, la voilà qui arrive. Toujours vêtue de robes rembourrées aux épaules, d'un col rond et d'un léger gilet, elle signifie par ses tenues qu'elle n'a rien à faire ici. Mais il y a sur son visage l'expression d'une affection franche. Elle salue les uns et les autres avec politesse. Guère plus. Aujourd'hui est l'une des rares occasions d'entretenir une conversation. Enfin… disons… de partager un échange calamiteux.

— De toute évidence Marcel, à quinze ans, les choses bougent. Ça bouge, non ?

Le médecin-chef n'en finit pas de se débattre dans les circonvolutions.

— Ça bouge ou pas, Marcel ?

— Qu'est-ce qui bouge ?

— Partout, partout, ça chatouille, c'est nouveau, ça démange… bon, eh bien, c'est non. Non, pas question. Pas ici. Si ça bouge, c'est ailleurs. On ne fait pas dans ce genre-là dans mon sanatorium.

Le médecin-chef lisse maintenant sa moustache. Passant d'un état à l'autre. La gêne, la colère, les rougeurs.

— On n'est pas un bordel.

— Alphonse, je t'en prie.

Il s'appelle Alphonse.

— J'ai fait quelque chose de mal ?

— Non, pas encore, mais ça viendra, et mieux vaut prévenir que guérir, même si on guérit très bien, mais pas contre ces machins-là. Compris ?

— Non, rien compris du tout.

— Ce que mon mari veut dire…

La femme du médecin-chef, qui ne fut jamais pour tous que la femme du médecin-chef sans même un prénom pour se convaincre d'autre chose, s'empare d'un silence…

— … c'est qu'à quinze ans, on regarde les femmes avec d'autres yeux que ceux de l'enfance. Marcel, le désir est un impondérable de l'âme humaine. Vous y céderez. Ce n'est que nature. J'ignore ce qu'il faut en dire, sur le plan de la morale. Mais il est de notre devoir, presque parental, de vous appeler à la vigilance et au maintien.

— Mais elles sont vieilles partout par ici, les femmes.

— Marcel, allons. Du respect.

Le médecin-chef en perd ses petites lunettes.

— On tombe amoureux de son âge, non ?

— Certes, c'est juste, le plus souvent. Mais il y a des exceptions tout de même Marcel.

La femme du médecin-chef poursuit et Gabrielle acquiesce d'un air entendu.

— Imaginons, Marcel, et en la matière l'imagination ne manque pas pour un jeune homme de votre époque, imaginons que cela se produise, que naissent des sentiments et, plus pernicieux encore, des sensations.

— Je vous en prie, abrégeons, s'impatiente Pellarin.

Il s'étouffe dans sa pudeur, le pauvre scientifique.

— Eh bien nous ne pouvons que vous encourager à ne pas y céder ouvertement et à vous en tenir au strict respect des limites de la décence et des corps.

— C'est ce que tout le monde fait, ici ? Les adultes font ça ? La décence du corps ?

— Que je sache, oui ! Ce sera tout. On ne pourra faire plus précis sur la question, inutile d'y revenir.

Se lever et bondir. Sa femme à sa suite, le médecin-chef ne fait pas long feu. D'autant plus en difficulté qu'il sait bien que les « adultes » ne respectent justement pas cette « décence » du chacun chez soi et de la limite des corps à distance. Marcel n'a pas l'œil pour cela encore, plus naïf qu'il n'y paraît, mais cela ferraille avec ardeur entre patients. Parce qu'il faut bien vivre, sachant la fin peut-être pas si loin et pour n'importe quel prétexte. Ce n'est que « nature ».

Gabrielle a ramassé jusqu'à la dernière miette de cette petite épopée, tout sourire. Avant de filer à son tour, elle ajoute un petit quelque chose au creux de l'oreille de Marcel :

— Je sais ce qu'on dit de moi, ici. Que je suis à l'image de mes rondeurs, pas la plus fine. C'est à s'y tromper. Le romantisme, ce n'est pas affaire de cervelle ou de chèque de banque. Voilà. Il y a par ici une petite rivière. L'Ugine. On y puise encore pour alimenter les sanatoriums. Voilà. D'un côté de cette rivière, il y a le village. De l'autre côté de cette rivière, il y a les sanatoriums. C'est ainsi fait. Et entre les deux, il y a un pont, à trois cents mètres en contrebas.

— Oui, je l'ai vu.

— Si l'envie devient au-delà de tout et que les deux ont besoin de se retrouver, l'un du village et l'une du sanatorium par exemple, c'est sur ce pont qu'ils vont s'embrasser. Pas beaucoup plus, tu penses bien, parce que c'est pas de confort et pas recommandé, les mélanges. Voilà. Mais c'est un pont qui existe et qui est fort pratique pour l'intimité, ou ce qu'il en reste. Comme ça tu sais tout. Fort pratique pour rêver un peu. À tout à l'heure, j'ai à faire.

Marcel regarde s'éloigner Gabrielle. Il l'imagine sur un pont, trois cents mètres en contrebas. Ce que les femmes ont de secrets contraints ou non. C'est son plus grand mystère.

Novembre 1948

Elle s'appelle Notre-Dame des Neiges et à son manteau blanc, une jeune femme cherche le juste drapé.

Elle s'appelle Valentine. Ni malade ni soignante. Une exception.

Valentine dessine Notre-Dame des Neiges sur l'un des murs de la crypte du sanatorium. Ces deux femmes se composent, par le délice de la délicatesse et du pinceau. Qui pourrait affirmer que l'une ne dicte pas à l'autre. Des couleurs, des formes, la pénombre.

Marcel, dans l'embrasure d'une porte qui prendra plus tard la forme d'une porte, reconnaît là de quoi combler et satisfaire une curiosité asséchée. Il a emprunté la sortie nord, avancé vers ce chemin que les patients n'empruntent jamais, destiné au personnel. Et au bout, par un chemin pas encore chemin, après une petite descente, à même la roche, une entrée. Un trou, une cache, une crypte. Un passage.

Plus qu'il n'en faut pour tromper l'ennui. Il lui arrive de plus en plus de se perdre dans le bâtiment. Sans parler d'exploration. Prendre la mesure des lieux. User le temps. Au-delà de la vie commune, dans un ordre et une rondeur toute coquette. Au-delà des couloirs des chambres et parfois des chambres elles-mêmes, ouvertes pour des tête-à-tête, petites réceptions des gens de ce monde. Au-delà du parc frisquet et soigné. Au-delà de tout ce qui fait les repères et les formalismes, il trace une route partout ailleurs, avec la sereine habitude de graver au bas d'une plainte ou d'un escalier une forme avec son couteau. Pour exister et pour briser sa solitude. Reprenant ses codes à lui, abandonnés dans les rues de la Croix-Rousse. Semer. Par ici, par là, une forme, sur une plainte, au bas d'une porte.

À ses pieds, donc, dans cette entrée, le capharnaüm propre aux travaux. Des planches de bois de guingois, des seaux, du ciment, l'odeur âcre de l'inabouti. Il faut baisser la tête pour entrer. Marcel, les pieds maladroits, trébuchant, emporté dans quelques pas cavalcades, bruyants.

Valentine suspend son geste, se retourne. Le regarde.

— Il faut reconnaître que je ne comprends pas pourquoi ils n'ont pas commencé par la porte. C'est vrai, non ? On commence par faire la porte et, ensuite, on ajuste autour. Cela dit, cette entrée minuscule me fait penser à Bethléem, ce qui est amusant et prétentieux de ma part.

Il règne un froid humide à l'intérieur, mais rien qui cisaille sa gaieté.

Elle parle d'une voix aiguë, elle semble sans cesse poser des questions et ne pas vouloir finir sa course, une voix précipitée, parfaitement décalée de son humeur et de sa gestuelle paisible.

— Comme à Bethléem, n'est-ce pas, la porte ?

— Quoi ?

— L'église de Bethléem dispose aussi d'une porte très basse. Ce n'est pas pratique. Sais-tu pourquoi, pourquoi la porte était si basse à l'époque ?

Elle le tutoyait.

Familiarité inhabituelle ici. Elle n'avait pas déposé son pinceau, toujours juchée sur un petit escabeau, surplombant Marcel.

— Non.

— On dit que c'est pour entrer en se baissant, incliné et modeste face au Christ que la porte est si petite. On dit aussi que c'était une manière d'empêcher les cavaliers d'entrer sur le dos de leurs chevaux. Les chameaux aussi, d'ailleurs.

— Il n'y a pas beaucoup de cavaliers ici.

— Ni de chameaux. Retenons donc la part de modestie, toi et moi, cela devrait nous suffire.

Valentine, artiste peintre, créatrice, catholique, cheveux noirs sur peau blanche, tenus en un ensemble symétrique, chevelure regroupée sur les oreilles de part et d'autre, conteuse et récital, le nez épaté, une petite cicatrice sur la joue gauche, élancée, très couverte, froid oblige, port élégant.

Et derrière elle, un visage, penché vers la droite, légèrement, bouche fine, regard sombre, front dégagé, assise mais pas trop, posée plus exactement, les bras ouverts, les mains ouvertes, couverte d'un drapé esquissé, belle et protectrice.

Valentine couvre Notre-Dame des Neiges. Notre-Dame des Neiges couve Marcel. Il n'en doute pas, dans cette seconde où l'on consolide pour toujours le souvenir vague à l'âme, la Vierge lui rend un regard de douceur.

Il passe de l'une à l'autre, dans le mélange, la confusion de deux femmes qui n'ont soudain rien à faire là puisqu'elles n'ont pas de rôle déterminé, sauf à croire. Rien qu'à croire. Que croire ?

De cette double apparition, Marcel fait une confusion.

Elle porte un manteau épais, couleur gris, serré à la taille par une ceinture et une jupe chutant sur les chevilles. Elle peut avoir une trentaine d'années. Elle se moque des taches sur sa tenue. Le poids de son corps repose sur un pied, deuxième marche d'un escabeau étroit, de bois. Pâles, lèvres entrouvertes avec une expression de puissance et d'apathie à la fois. Une hanche décalée, de biais, entre équilibre et indolence, souplesse. Ses cheveux disparus sous un voile épais. Une ombre sur le cou. Elles se mêlent, se brouillent. Valentine, Notre-Dame des Neiges.

Marcel savoure ce que ce sanatorium offre enfin de merveilleux. Une île. Est-ce l'île du là-haut ? Comme dans ses romans à lui, qu'il lit dans sa chambre, sur les naufrages ? Dans les histoires de naufrages, jamais les rescapés ne tombent, par d'heureux hasards, sur des perles de nacre et un festin. Mais après tout…

L'histoire ne dit pas exactement ce qui suit.

Autour d'un café, pour elle – il aura pris une chicorée –, dans la grande salle réservée au goûter, Valentine aura poursuivi ses explications, le motif de Notre-Dame des Neiges, les origines, passant de la Rome du pape Libère à la chute d'un roi du Portugal, entre foi et merveilleux, marié et conjugué, à la vitesse de son débit, par la grâce d'une culture qui ne trouve aucune limite apparente. Il aura écouté plus que parlé.

Parce qu'il fallait ranger, faire tremper les pinceaux, refermer les pots, Marcel aura tout aussi bien pu aider, transporter, déplacer, remettre en place, sur les consignes de la jeune femme, afin de laisser le chantier dans un état digne de ce nom même si elle est la seule à s'y rendre.

Ils auront pu se promener, quelques pas, pas beaucoup plus, faute d'envergure de souffle, longer la façade nord du bâtiment après avoir refermé difficilement le panneau de bois qui sert à reboucher l'entrée de ce qui deviendra demain la crypte, lieu de culte, de repos, de prières, de confidences et d'espoir quand il en reste suffisamment ou plus du tout et qu'il faut confier au-delà des étoiles.

Dans tous les cas, elle aura eu des choses à dire. Marcel aura eu la faiblesse infinie d'aimer cela.

Il reviendra.

Sans rendez-vous. Se souvenant des mollets dont il n'a rien vu, ceux d'une jeune peintre, ceux d'une Vierge.

Novembre 1948

Avec la même régularité que son traitement, sa prise de température, son enlisement physique, sa cure de silence et ses lettres à Maman, Marcel retourne à la crypte. Sur les coups de quinze heures trente, heure certaine où la trouver, quand la nuit n'approche pas encore et que le froid est moins mordant.

Le chantier n'avance pas vite. Une porte a été posée et un poêle avec.

Valentine met l'ardeur mêlée du soin qui ne font pas les urgences, alternant les peintures au Stic B et les gravures. À Notre-Dame des Neiges, elle a ajouté quatre étoiles, à la manière d'une couronne. L'œuvre centrale, le pivot, la Vierge autour de laquelle tout s'articule, Jésus, le paralytique, la Samaritaine, des saints de toutes origines ne sont au fond que de passage ou de visite. Dans une gamme colorée, ocre, jaune orangé, vermillon. Chaleureux, sans doute bienveillant, mais Marcel n'en est pas certain.

— Cela prend forme, n'est-ce pas.

Ici, Valentine désigne un espace mal défini.

— Je ferai installer un reposoir pour ceux d'entre vous qui sont les plus éprouvés. Et puis je veux que les murs soient recouverts de dessins, c'est important.

Assis sur une chaise, sur un côté, Marcel écoute. Trois vitraux, ou ce qui y ressemble, reposent, emballés, posés sur des tréteaux. Ils viendront plus tard souffler une lumière fine sur la crypte. Quatre gros piliers de ciment armé à section carrée soutiennent l'ensemble, une grotte améliorée dallée de calcaire de Comblanchien. Elle voudrait des bougies, le moins possible d'éclairage artificiel, ce n'est sans doute pas réaliste pense-t-elle. Elle ne sait pas. Elle hésite.

Ensemble, ils discutent de ce qui peut avoir l'importance du moment. Valentine parle pour plusieurs. Marcel n'avoue pas le plaisir qu'il a à l'écouter et à la regarder peindre. Cela dure. Cela s'étire. Cela coule à travers les couches de vêtements qu'il porte. Elle dilue sa peinture, trop épaisse. Ici, personne ne vient, et la chapelle se fait petit sanctuaire.

— Tu dis que chaque sanatorium a son église ?

— Église, peut-être pas, mais au moins un lieu de prière.

— Dans quel but ?

— Comment ça, dans quel but, Marcel !

Il lui arrive de se moquer avec la voix qui grimpe, bien haut, pour retomber comme une tendresse.

— Pour trouver du secours, pour faire vivre la foi.

— J'ai jamais fait ça. Ils sont beaux tes dessins, c'est pas ce que je dis, mais ça ne fait pas non plus le réconfort, il faut pas exagérer.

— Le réconfort spirituel ne se voit pas mais se ressent ! Tu verras plus tard, tu comprendras avec le temps. Les choses qui ne se disent pas, qu'on met à hauteur d'homme, on fait appel à plus que soi. Mais si tu veux creuser la question, je pense qu'il y a autre chose là-dessous, sous tous ces lieux de prières sur le plateau d'Assy.

— En dessous ? Comment ça ?

— Pas en dessous, en dessous, Marcel. Derrière la tête. Derrière la tête de ceux qui sont venus construire ici. Construire un lieu de prière, c'est le stade ultime de la conquête, vois-tu ?

— Non, pas du tout.

— Quand tu arrives quelque part où il n'y a rien ou presque rien et que tu bâtis tout ou presque tout, c'est une attitude de conquérant. Et en y faisant construire une chapelle, une crypte ou ce que tu veux, tu fais comprendre à chacun que tu es là pour longtemps, pour durer. On ne construit pas une église dans un pays ou une région que l'on veut quitter à la première occasion.

— Comme un conquistador ?

— Si tu veux, à ceci près que ça ne coûte pas de vie et que cela en sauve. Disons plutôt que c'est le signe que l'on construit une communauté, une maison, une fidélité. Pour longtemps. J'y suis, j'y reste.

Elle descend de son escabeau, s'approche de lui et, avec le pinceau toujours en avant, au niveau du nez de Marcel, elle ajoute :

— J'ai du mal à te convaincre, je le vois bien.

Des gouttes tombent sur le sol, du rouge évidemment, comme depuis le début. Marcel regarde le pinceau se répandre autant qu'il écoute Valentine.

— Et toi, quel est ton rôle dans tout cela ?

— Bonne question, Marcel. Moi, je décore. Parce qu'il faut bien enjoliver les choses. Le béton brut est trop coriace. Je décore et j'espère. Mais tu devrais rentrer, il fait trop froid.

Ce code a très vite soumis leur relation. Si Valentine estime, sans autre critère que le sien, qu'il fait froid, trop froid, soudain, ou non, alors il rentre au sanatorium. Cela peut raconter de l'impatience, de la fatigue, de la gêne, de la lassitude. Ce sont des minutes arrachées, courtes distances.

Valentine ne parle jamais de sa sœur, qui dort mal et beaucoup à quelques étages de là, dans une chambre dont elle ne sort pas. Valentine n'est pas là uniquement pour donner de la couleur aux choses. Elle offre ses services à Dieu en échange d'un miracle. Sans savoir s'il est prêt, Dieu, à honorer sa part d'un contrat non signé. Dans un exil attentif et anxieux. Et Marcel s'endort moins mal, moins seul, au souvenir de leçons de peinture particulières, honteux de souhaiter le lent rétablissement d'une autre malade, quelque part.

Novembre 1948

De ce pas de deux finit par naître un territoire plus excitant que périlleux. Étrange composition. Le sanatorium de S. n'est plus si sombre, plus si triste et calme. Il souffle sur ses contours une drôle d'envie, neuve, charnelle. Il tousse. On parle à Marcel d'alcool et de sentiments amoureux, d'un pont, ce n'est pas son affaire du moment mais après tout cela peut le devenir. Va-et-vient, enfant pour les uns et les occasions, bientôt adulte pour les autres. Il tousse. Il tousse, encore, beaucoup, trop.

Avec Maman, c'est un peu différent. Marcel lui fait bon accueil dans la mesure où il y parvient, sans trop en dire non plus sur les natures nouvelles. Elle n'est venue que deux fois. Elle dort dans le village, à l'hôtel du Tourisme, café-restaurant, prix modérés et « une cuisine bourgeoise » à laquelle elle ne goûte pas. Par économie et par ventre noué, et parce qu'elle se méfie par conviction politique de tout ce qui peut renifler la bourgeoisie. Son fils ne reprend pas de poids, c'est la clé, le signal du mieux, elle a eu le temps de l'apprendre. La maladie stagne. Parfois, elle relâche même son emprise mais pour mieux réinvestir le terrain. Marcel est pris de hoquets brutaux. Il crache, il râle, il se plie en deux. Il s'épuise. Mais il prend les couleurs du soleil. Étrange composition, là encore. Émacié. Buriné.

À son deuxième séjour, le temps d'un week-end, après plus d'un mois d'absence, démunie face à la fatigue de son fils, elle s'offre une folie, pour chasser l'angoisse : une manucure chez Mme Krassoff. Comme tant d'autres avant elle, Mme Krassoff est une ancienne malade du plateau d'Assy. Elle n'en est jamais redescendue, devenue pourvoyeuse de soins d'altitude.

— Vous savez ce qui m'a le plus chiffonnée pendant mon séjour en sana ?

— Dites-moi.

Elle tenait dans ses mains les mains de Maman avec prévenance. Une merveille de temps pour rien, pris à personne, de la gourmandise pure et vaine.

— Ce n'était pas la maladie qui me faisait peur, c'était ma contagion. J'ai bien vite compris.

Mme Krassoff porte une robe d'un violet désarmant, un brin écœurant, elle sent la rose excessive d'un parfum poudré, sans que sa voix et sa douceur cèdent au moindre abus tape-à-l'œil. Maman n'en finit pas de la dévisager.

— J'ai eu peur de rentrer et d'être traitée comme une maudite, il y en a des comme ça, vous savez, qui ne font la part de rien et surtout pas la part de l'autre. Même guérie, j'ai pas voulu qu'on me catalogue, je voulais pas être malade pour toujours. Ici, au moins, on se comprend, on se tolère. À côté, à la brasserie Anthonioz, chez Jacques, tous les jeudis soir, on voit débouler une palanquée de malades, pour ceux qui ont le droit de sortir évidemment. Et alors ? Tout le monde s'en fiche bien. Est-ce qu'on n'est pas humain tout autant, avec un truc dans le poumon en moins ou en plus ?

— Si, sûrement. Mais reconnaissez tout de même que c'est difficile de lutter contre la peur, surtout la peur de tomber malade. J'en souffre moi-même à Lyon avec mon fils. Le rejet, c'est quelque chose. Les portes qui se ferment au nez de Marcel, même son meilleur ami.

— Oui, mais contre cette cochonnerie la peur n'a jamais rien empêché. Alors moi je suis restée. Et aujourd'hui, je vous peaufine les mains.

Maman en sourit d'un coin de bouche, avec légèreté, ce qui n'est pas si fréquent. Elle se laisse vivre un instant. Se laisser porter, soigner, on prend soin d'elle.

— C'est le mot juste.

— Que vous dites ?

— « Peaufiner », étymologiquement cela vient du mot « peau », cela voulait dire « faire la peau fine ». Vous employez le mot juste.

— Vous voulez que je vous dise, c'est tout moi. Je suis savante sans le savoir.

Quand elle croise le médecin-chef à l'entrée du parc du sanatorium de S., Maman pense encore à sa discussion avec Mme Krassoff – ne plus redescendre, jamais plus, et si l'envie en prenait à Marcel ? Il a à lui dire. Avec gravité. Le médecin-chef déverse tout sur un ton identique, important ou accessoire, il a la mine sévère et sèche si bien qu'on ne voit jamais venir le mauvais coup. Il veut fouiller à l'intérieur. Sous les côtes. L'option de la redescente n'est pas pour tout de suite. Sous les côtes de son fils, à l'intérieur de son fils. Il a employé un terme technique et médical dont elle n'a pas essayé, pour une fois, de dénicher l'étymologie. Le docteur Pellarin avait parlé de collapsothérapie. Et si Maman avait fouillé plus avant dans ses connaissances, elle aurait trouvé que cette pratique médicale découlait tout droit du latin, *lapsus*, tomber, glisser.

16 avril 1970

Même les journalistes n'avaient pas eu besoin d'en rajouter, leurs titres n'arriveraient jamais à hauteur de l'effroi du glissement de terrain : « *Un bruit sourd… et l'horreur.* » « *Vision tragique au plateau d'Assy.* » Des pleines pages, à la une. Inutile de se forcer ou d'être imaginatif, la montagne se chargeait du reste et du désastre sans équivalent.

Les tempêtes glacées succédaient à des redoux saisissants, et inversement. L'hiver 1970 avait décidé de se jouer des habitudes et des repères, le printemps prenait le même chemin. Avec des avertissements d'abord, menus éboulements, puis les premières catastrophes, à Val d'Isère. Une avalanche. On aurait dû se méfier, diront certains, mais se méfier de quoi au juste ? D'un abri ? De la montagne guérisseuse ? Les anciens savaient y lire, les conquérants n'étaient qu'analphabètes. Ils n'avaient pas appris à décrypter les signes, les présages, les augures, tout y était pourtant.

On disait du sanatorium du Roc des Fiz qu'il était l'un des plus beaux, des plus élégants pour ses lignes sobres, des plus vivants pour ses enfants comme seuls habitants. Le docteur Velti, directeur du sanatorium de S. depuis quelques années, ne s'y était rendu que de rares fois, retenant des détails ici et là : les enfants se déguisaient tout le temps pour rire contre le sort et, à table, ils buvaient dans des gobelets de métal pour éviter la casse. Court et dérisoire. A-t-on jamais traité les enfants comme les autres malades ? Ils mouraient autant et, un enfant qui tousse, comment l'admettre sans lâcheté, c'est insoutenable, surtout pour lui, trop de souvenirs. Alors on se détourne quand on n'a pas le courage. Il ne l'avait pas. Le Roc des Fiz était l'un des plus grands sanas du plateau d'Assy, posé tout proche de la paroi, de la roche, du tombeau. Un modèle de sanatorium. Le bâtiment central était relié à deux séries de pavillons-dortoirs, construits sur pilotis et réunis par des coursives couvertes. À l'est, le dortoir des filles. À l'ouest, le dortoir des garçons. Ainsi décidé. Plus tard, on parlera de la rentabilité aussi, c'était le plus rentable du plateau. Mais est-ce une explication ? Dans quelques instants, il ne sera plus.

Velti se couchait tout juste, minuit passé, la nuit où ce sanatorium a cessé d'exister. Atmosphère moite toute la journée. La moiteur que les malades détestent, elle encombre et elle colle, elle épaissit le moindre effort. Elle poisse. Il a ouvert la fenêtre pour aérer sa chambre du sanatorium de S. à quelques centaines de mètres en contrebas. Dos au drame, puisque le drame s'est joué dans le dos, sur le versant nord, celui vers lequel chacun s'était fixé pour règle de ne jamais regarder. De leur nid-de-pie hémiplégique, ils n'avaient qu'à guetter le soleil, oubliant que ce même soleil allait se cacher chaque soir derrière un mur de calcaire et de marnes noires ne demandant qu'à les faire changer de perspective. Ce mur de centaines de mètres n'était pour eux qu'une limite ferme et définitive, une direction vers laquelle ne plus bâtir, voilà tout. L'esprit de conquête des bâtisseurs du plateau d'Assy avait acté une évidence géographique, oubliant que ce qui a été pris peut être perdu. Il en va d'un territoire comme d'une vie même si l'histoire montre combien le territoire compte plus qu'une vie.

Les experts diront dans des comptes rendus, des mois, parfois des années plus tard, qu'une masse énorme de terre et de neige a dévalé la montagne sur quatre cents mètres. Il ose à peine dire que le grondement lui a paru dérisoire sur l'instant. *Un bruit sourd…*

Il aime à croire, depuis, que les horreurs les plus brutales ne font pas dans le spectacle superflu. Le tonnerre sans doute, un camion lointain qui se renverse, il ne s'est pas étonné, il a échafaudé une ou deux hypothèses.

Et le silence. *Et l'horreur.*

Un silence tel qu'il s'est allongé sur son lit. Et qu'il s'est endormi. Vite réveillé, c'est vrai, par le gardien de nuit, mais endormi tout de même. S'il avait su lire dans le marc de café et décrypter les augures, sans doute aurait-il compris. Pour plus tard.

Ce bruit sourd reste l'un des glissements de terrain les plus meurtriers jamais survenus en France. La montagne s'est rompue. Elle a tué dans des proportions inimaginables ou alors est-ce l'homme qui a tué à trop vouloir s'approcher. Il y eut quelqu'un, quelque part, pour dire que la catastrophe s'est déclenchée à minuit passé de quinze minutes, à mille six cent trente mètres. Il restait à être précis, à faire les décomptes.

Velti est monté, puisqu'il fallait monter jusqu'au Roc des Fiz depuis le sanatorium de S. Il fut dans les premiers, il n'y avait déjà plus à comprendre. *Vision tragique au plateau d'Assy.* Le torrent de pierres venait d'écraser les deux pavillons ouest du sanatorium, les pavillons des garçons. Il n'en restait rien. Un pan de montagne revenu à lui-même, un pan de montagne, dans l'indifférence des vies volées, le bâtiment broyé, écrasé, disparu. Dans sa folie, l'éboulement avait terrassé la route d'accès, obligeant à finir la montée dans un mélange pierreux et glacé, guidés par des souvenirs de terrain et des torches. Tout se faisait à l'aveugle, dans la nuit profonde, à deviner.

Dans la cohue, on lui confia une mission dont on jugea qu'il était à la hauteur, à défaut de plus cruelles sans doute : mettre en sécurité les autres enfants, les rescapés, les survivants.

Il leur doit un réconfort inattendu, à ces petits. Il est entré dans le Pavillon Suzanne, réservé aux filles de cinq à dix ans, il s'attendait à la confusion et aux pleurs. En réalité, elles dormaient toutes. Aucune n'avait été réveillée. Avec deux bonnes sœurs, il a donc pris soin de les sortir du sommeil, doucement, à la lumière de bougies ou de lampes de poche, comme on le fait avant de se lever pour l'école ou pour partir un peu tôt en voyage, dans le calme, dans la chaleur du rien-ne-presse, la voix basse, pas loin de l'oreille, une main sur les cheveux. Il fallait faire vite, c'est vrai, de peur d'un autre éboulement, mais il importait aussi de ne pas créer de panique. Atmosphère confuse, dans les mi-chemins, dans les interstices, dans les odeurs mêlées de corps ensevelis et de corps endormis si proches les uns des autres, dans la limite si fine, ingrate, qui tue ou préserve, dans le froid du calcaire ou la douceur d'une couette. Il tremblait de peur et de tristesse. Des enfants étaient morts, des enfants sommeillaient, sans se conjuguer, dans une proximité de quelques mètres. Comme lui, juste avant, ces petites filles n'avaient pas trouvé dans la catastrophe de quoi rompre leurs rêves. C'était si beau, si déplacé, si anormal, soudain.

Il a porté dans ses bras Isabelle, il croit avoir entendu Isabelle, il n'a pas compris son prénom dans son demi-sommeil, affaiblie par sa maladie, un peu fiévreuse, le petit doigt de la main gauche étrangement suspendu, et il l'a déposée dans un camion qui l'a menée ensuite au village de Passy. Isabelle n'avait que six ans, il ignore si elle a compris alors et après ce qui s'est joué cette nuit d'avril à la grande loterie. Il ne l'a jamais revue, comme aucun autre des enfants du Roc des Fiz, puisqu'il n'y a plus jamais eu de Roc des Fiz ni d'enfants.

Cinquante-six garçons sont morts sous la pierre et la terre et la neige. Seize adultes ont subi le même sort.

Chaque famille touchera 10 000 francs de l'époque après dix ans de procédure. Et le sanatorium fut rasé.

Les augures, encore eux.

Les enfants morts sont morts pour dire que, là-haut, ils étaient tous, à plus d'un titre, sur la liste des futurs disparus. Le Roc des Fiz disparu, le sanatorium de S. sur la liste.

Ils n'avaient plus de vie à sauver, ils n'étaient même plus capables de les protéger. Ils avaient fait leur temps comme passe une mode ou comme passent les dieux.

Novembre 1948

— Votre mère a accepté le principe.

— Eh bien pas moi, c'est tout, on n'a pas besoin de faire ça. Vous entrez pas dans mon ventre.

— On n'entre pas dans votre ventre Marcel, on passe par le côté.

Le regard du garçon témoigne que, pour lui, entre face et côté, quand on traverse les entrailles, cela ne fait aucune différence.

— Non. Même chose. Qu'est-ce que j'ai comme preuve que ça va marcher ? Hein ? Je sais pas moi, on m'a dit, va là-haut à Passy, le soleil et le grand air, c'est le bon remède. Deux mois plus tard, vous voulez me bousiller le bide. Ça marche pas le soleil ? C'est de l'arnaque, c'est ça ? J'aurais tout aussi bien pu rester à Lyon si c'est pour finir par me faire ouvrir en deux. J'ai pas confiance.

Quand il s'agace, avec la respiration courte, Marcel a cette tendance à devenir rouge, au visage, d'un rouge tirant sur le pourpre. Cela fait vive impression, y compris sur le docteur Pellarin, ne sachant si cela tient d'un pourpre de nature ou d'un pourpre de proche étouffement.

— Il faut que je vous explique le déroulé, vous allez être rassuré. Beaucoup des patients ont subi cette intervention pour des résultats prometteurs.

Il est question d'affaisser le poumon pour le « mettre au repos ». Par la suite, le chirurgien accole les parois des cavernes, évacue le contenu, ce qui favorise la cicatrisation. C'est du tout facile et du tout évident. Il détaille la pratique avec le même sens de la banalité qu'un mécanicien le ferait pour la réparation d'un camion et avec pour image ce désastre d'effort de persuasion :

— Vous ne sentirez presque rien, comme on ferait une opération des branchies à un poisson.

Au regard sévère de Marcel, le médecin-chef bifurque, franc :

— C'est une opération que l'on pratique depuis la fin du XIXe siècle, autant vous dire que c'est une habitude. Nous allons vous endormir localement, pas plus. Après, grâce à un appareil qu'on appelle l'appareil de Küss, une sorte de pompe, nous allons insuffler de l'air entre la plèvre pariétale et la plèvre viscérale pour décoller le poumon de la paroi et permettre son affaissement. Si nécessaire, on recommencera, on peut faire jusqu'à une centaine d'insufflations. Vous comprenez mieux ?

— Pas du tout. Mais au moins, j'ai pas l'impression d'être pris pour un imbécile.

— Maintenant vous êtes décidé à le faire, vous comprenez l'utilité ? Si vous voulez que je vous parle d'adulte à… adulte, ou presque adulte : c'est une question de survie. Si on ne fait rien, vous ne guérirez pas. Autant être direct.

— Bon.

— Alors ?

— Alors je vais réfléchir, en général on n'a que ça à faire ici, je prends donc le temps si vous permettez.

Dans un mouvement d'humeur parce que si jeune, dans un mouvement de désarroi parce que si effrayé, Marcel se lève et quitte le bureau du docteur Pellarin sans même prendre la peine de refermer derrière lui. Maman avait donné son accord. Sans lui en parler en plus. Elle disposait de son corps. Il ronchonne. Il grogne. Il râle. À voix haute et sans perception fine du contenu.

Dans le silence feutré du sanatorium, Marcel commence à se faire une place de choix au chapitre du désordre. De premier choix. Du piment dans la cure, et ce n'est pas pour déplaire, un peu d'agitation nouvelle. Cela attire l'attention de plus coriace.

Valentine le maintient dans un état nouveau de douceur mais pour la première fois, il a peur. Il veut se réfugier dans la crypte mais à cette heure, elle n'y sera pas. Marcel étouffe d'autre chose que de cette maladie sournoise. Suffoquant. Ce lieu clos. Inadapté à sa jeunesse, à ses envies. Les rondeurs ou les angles droits, la richesse boisée, les couleurs, le château est carnassier, c'est un animal vivant, dans lequel cela grouille, il enferme autant qu'il protège, ce château. Pour l'instant, c'est le théâtre d'un monde auquel il n'a pas accès vraiment, une supercherie au fond. Une manigance sans doute. Et si la menace se fait si vive, c'est qu'il faut décamper. Vite. Coup de tête.

Il ne prend pas sa valise ; il abandonne sur place, y compris son livre sur les navigateurs. Il enfile autant de pulls qu'il peut pour ne pas trop souffrir du froid, même chose avec les chaussettes, sa grosse écharpe et vaille que vaille. Les entrées et les sorties ne sont pas soumises à de stricts contrôles, au culot ça peut passer et ça passe. Il prend la route principale et il descend, il est à bout en quelques centaines de mètres. Il fait attention à ne pas basculer dans le bas-côté, il pourrait vite dégringoler de plusieurs mètres. Une voiture passe, en sens inverse. Il avance coûte que coûte, c'est ridicule et perdu d'avance, on ne voit que ça un garçon, pas d'ici, qui descend à pied vers on ne sait où, loin. La voiture a vite fait demi-tour.

— À ce rythme-là, cher ami, c'est une journée entière qu'il vous faudra pour rejoindre votre point de chute. Soit je vous dépose, soit on remonte ensemble, mais faites-moi le plaisir de monter avant l'accident bête.

La lutte ne dure pas même le temps au conducteur de terminer sa phrase, Marcel monte, à l'arrière. Vaincu sans combat, trahi par son corps. Ils se sont reconnus l'un l'autre pour s'être déjà croisés bien des fois dans le sanatorium. La jeunesse de Marcel et le style de Scala ne passant pas inaperçus. Sans jamais échanger pour autant.

— Ah, monsieur aime avoir un chauffeur à ce que je vois. Scala, enchanté, et vous êtes Marcel, n'est-ce pas ?

Marcel ne répond rien. Scala porte un châle sur les épaules, au-dessus de son manteau, la moustache épaisse et les mains larges, posées en évidence sur le volant. Il regarde Marcel dans le rétroviseur.

— Alors.

— Alors ?

— On remonte ?

— Oui.

— Ce n'est pas bien grave comme défaite vous savez, Marcel. On dira que je vous ai proposé de faire un tour en voiture et personne n'en saura rien de plus. Dans le pire des cas, j'en suis pour une réprimande du médecin-chef mais j'en ai vu d'autres et lui aussi.

Il faut à peine cinq minutes de route pour rejoindre l'arrière du sanatorium, où l'on se gare. Cinq minutes. Marcel, désespérant. Il a fui de l'équivalent d'un saut de puce. Pathétique petit naufrage. L'humiliation encore. Ensemble, ils restent assis, moteur éteint.

— C'est vous les sculptures.

— Vous dites sculptures, j'aime beaucoup. Merci Marcel. Oui, c'est moi. Je suis l'auteur, certes imparfait, de ces quelques fruits aux faux airs de vérité. Et de vous à moi, pour ce qui est de la vérité, vous m'avez l'air de chercher dans toutes les directions à la fois sans grand succès.

Le silence, les yeux de Marcel sur les mains de Scala. Sans autre émotion.

— Merci. J'avais rien demandé mais merci. Je sais pas trop quoi en faire non plus de vos trucs.

— Certes oui, ce n'est pas d'un usage évident. Mais je me suis dit, vous voyant arriver, sur votre brancard et dans votre condition de désarmé, titulaire d'une ridicule valise, que vous n'auriez rien pour décorer votre chez-vous. J'y ai donc mis de la nature de pacotille. Cela part d'une bonne intention, n'est-ce pas.

— D'accord.

Du raisin était venu garnir le tiroir de la commode de la chambre de Marcel, qui ne faisait pas grand cas des oiseaux morts de ce chat inconnu.

— Vous pouvez me tutoyer si vous voulez. Je m'en fiche. Je suis un gamin, à ce qui paraît.

— C'est une aimable proposition mais je préfère décliner.

— Merci de m'avoir raccompagné.

— Avec plaisir. Vous cherchiez un endroit particulier ?

— Comment ?

— En descendant le long de la route, est-ce que vous cherchiez un lieu particulier ?

— Non… ou alors de quoi vous fuir tous.

— C'est bien aimable. On se connaît à peine.

— Pas toujours nécessaire de faire le tour de la question. Vous êtes malade vous aussi ?

— Oui, comme nous tous.

— Et ça va, votre santé ?

Scala s'est retourné, après avoir arrêté le moteur, garé.

— Ma santé est un sujet trop vaste pour y répondre sur une banquette de guimbarde. Merci de votre prévenance. Veillez sur vous pour commencer. J'ai croisé des visages, des comme le vôtre notamment. Ne perdez pas vos couleurs. On se fane toujours trop vite.

C'est à peu près tout pour cette fois. Sans besoin de préciser le secret partagé de l'escapade avortée. Ils se sont trouvés, dans cet échec lamentable.

Au passage, Marcel mesure que dans ce sanatorium, un murmure peut devenir affaire d'État quand un vacarme se noie dans les ombres d'altitude sans un regard. Ainsi de son escapade. Rangée au rayon pas vu, pas pris, inexistant.

Marcel n'ayant pas demandé, Scala n'offre pas de se présenter avec détails et aplomb. Il n'est pas homme modeste. Il n'est pas homme de peu de choses. Il a le cœur à trop vouloir, trop attendre et il goûte, d'espoirs déçus en espoirs déçus, à ce que la vie connaît de plus ingrat : l'indifférence. Des autres et des siens. Sa famille lui a tourné le dos sans le priver d'héritage, ce qui a fini d'estropier son orgueil. Car Scala possède. Il possède, grandement. Sans panache ni mérite. Ses comptes en banque, car il en compte plusieurs en plusieurs banques, débordent de ce qu'il n'a jamais gagné mais hérité d'un grand-père, d'un père, et d'autres auparavant sans doute, guère plus méritants que lui. Alors lorsque Scala se prit de l'étrange passion du papier maché d'abord, de la cire ensuite, pour matériau sa mère n'eut qu'une formule assassine :

— Il se pique de sculpture, sans mériter le marbre. C'est la gueuserie du burin.

Scala, sans désespérer de sa destinée, se fit un petit nom pour de grandes ambitions. Autodésigné spécialiste des plats de vitrine des restaurants. Un peu partout, dans la capitale, les établissements de moyenne gamme s'offraient l'ornement de devanture d'un Scala devenu expert simili pièce de viande et légumes rôtis, bœuf bourguignon, escargots à la crème. Un talent rare, un talent brut. Contrarié par un marché étroit, des poumons empruntés, le dédain du monde, l'existence plus substantielle de la photographie, il se réfugia loin et haut à la fois. Il cultive, discrètement, son savoir-faire dans l'une des chambres les plus luxueuses du sanatorium, non sans avoir bataillé pour imposer cette passion poussiéreuse. Une hérésie dans un bâtiment où tout, jusqu'au moindre arrondi, à la moindre surface, n'a pour détermination que de chasser l'infini petit polluant. L'argent offre encore quelque traitement de faveur. Scala a quarante-cinq ans, il en paraît plus avec cet air mal soigné, des cheveux déjà blancs et il se cherche un camarade de jeu. Pour chasser le manque de reconnaissance, il développe, dans sa chambre, des procédés d'imitation du réel, nouveaux, prometteurs et parfaitement inutiles. De ces hommes qui ne savent pas être de leur époque. Toujours avec un temps de retard.

Pour le moment, Marcel n'en sait rien et cette discussion n'a qu'à peine dissipé sa crainte féroce. Quelqu'un veut entrer dans son ventre, pour y farfouiller, bien plus urgent qu'une bibeloterie. Autrement plus engageant.

Comment peut-on imaginer lui perforer, de face ou de côté, la peau et la suite ? Ce lieu n'est qu'ambivalence. Du confort extrême et délicat à la sauvagerie du scalpel, ça n'arrête jamais de valser, à lui donner le tournis. Et ce Scala avec ses fruits. Un asile. Peut-être qu'on les met tous là, à l'abri des regards, pour ne pas reconnaître qu'ils divaguent, un dernier tour avant la bascule dans la folie pure et nette. Et puis ces fois combattantes, à la science, au soleil, au dieu d'une crypte, à qui la priorité et la faveur. Et puis ce jeu, des corps, que l'on offre en pâture ou que l'on protège à tout prix. Ces corps que l'on frictionne à gant de cuir, que l'on perfore, que l'on interdit, qui se transforment, que l'on savoure sur un pont isolé, que l'on détache du monde. Quelle place vraiment pour son corps à lui, objet de toutes les attentions, objet de toutes les spéculations. Ce corps qui menace de s'effondrer sur une cage de sang, ses poumons.

Novembre 1948

De la salle d'opération, Marcel se souvient du carrelage au sol, du carrelage sur les murs, de deux énormes radiateurs sous les fenêtres et des stores. Allongé sur le côté, il s'est évanoui deux fois, non pas tant sous le coup de la douleur que de l'insupportable sensation de frottement. Le médecin-chef Pellarin estima avoir fait du bon travail, pas de contradiction légitime chez Maman et Marcel. Il y eut encore des soins, encore de l'attente dans la chambre pour éviter une infection, encore de l'ennui. Encore.

Maman, dans une lettre plus combative qu'à l'accoutumée, avait promis l'enfer à son fils s'il refusait l'opération et, l'enfer, c'est toujours un moment pénible, surtout quand on ne sait pas à quoi cela ressemble exactement. Elle n'employait pas de circonvolutions, elle menaçait, elle n'implorait pas, elle exigeait :

« Depuis quand refuse-t-on de vivre, Marcel ? Depuis quand ? C'est un choix étonnant à ton âge que d'estimer en avoir vu assez. Tu en as vu assez ? »

Modèle rhétorique de questions qui n'attendaient pas de réponses. Dans ses colères, Maman adorait cette posture. Elle adorait « clouer le bec ». En représailles, toutes modestes, Marcel écrivit sur une feuille, en très gros et sur toute la longueur sans s'appliquer du tout : « je vais le faire ». De l'art de s'entendre.

Marcel aurait pu avouer une chose. Derrière les enjeux de survie, cette opération cachait également une fuite. Il digérait mal la honte de sa première prestation publique au sanatorium de S. Alors, convalescence, station à domicile, isolement pour quelques jours ou semaines, pas si grave. Même si cela devait le priver de la compagnie de Valentine.

L'opération fut donc un succès. Parole de médecin. Marcel n'entendra jamais le contraire. Succès. Même s'il fallut y revenir et renouveler les insufflations. Beaucoup. Régulièrement. Le traitement intrusif. Succès. Très intrusif. Succès. Il en conserva à la longue et par perforations successives un léger handicap. Penché sur le côté gauche à l'excès. De l'ordre du tout juste perceptible. Discrète déformation. Succès. Bilan réel : état général figé.

Longtemps, Marcel a pensé, après cela, que les jours importants devraient se signaler en entrant. Une forme de distinction et de savoir-vivre, de respect aussi. Le jour important pouvant être celui de l'opération ou celui où il a accepté l'opération ou celui de leur rencontre, qui sait quand le destin s'aligne, quand il décide d'une trajectoire sans plus y revenir.

Alors que Marcel est alité, de nouveau, à l'épreuve d'une énième récupération, ils se retrouvèrent à la même porte, au même moment. Elle venait de rendre visite à sa sœur. Un étage au-dessus. Il venait de professer l'une de ses vérités définitives à trois innocents. Un étage en dessous. Elle avait pris l'escalier pour descendre. Il avait préféré l'ascenseur pour monter. Ils avaient longé le même couloir, se saluant poliment à la jonction, marchant presque de concert avant de s'apercevoir qu'ils faisaient escale commune. Valentine et Scala. Il lui laissa le privilège de frapper et ils entrèrent. Blouse de chantier pour elle. Éternel châle sur les épaules pour lui. Dépareillés. Dans la chambre de Marcel, elle posa son corps longiligne sur le côté d'un lit, il se posa lourdement sur le fauteuil de cuir dur, assez inconfortable. D'autant plus marquant qu'aucun des deux n'avait jamais franchi cette limite, celle de l'intimité de Marcel. Seule Gabrielle jusque-là avait brisé cette règle, et le docteur Pellarin, pas plus. Il y avait là double rupture, d'un coup et non des moindres. Le soir même, dans une lettre, Marcel écrira malgré lui : « On est entré chez moi. Une peintre et un homme avec une grosse moustache. »

Descriptions peu susceptibles de réjouir Maman. Mais pouvait-elle ignorer que jamais, auparavant, Marcel n'avait évoqué la compagnie des autres dans ce sanatorium de bout du monde ? Urgence donc à n'en rien laisser paraître. Jeu d'excellence pour Maman. Feindre. Elle en connaissait tous les codes et toutes les malices. Ne rien laisser paraître. De la même manière qu'elle racontait, à la Croix-Rousse, à qui voulait l'entendre, combien son fils retrouvait force et vigueur. Mensonge honteux, impossible à contenir. Manière de conjurer.

En attendant, dans la chambre de Marcel, le trio ne fanfaronne pas. C'est l'odeur du désordre. Valentine estime qu'elle a été audacieuse, trop, de pousser la porte, qu'il y a des limites ; audacieuse, inconvenante même. Scala considère sa parole comme empêchée par la présence de cette inconnue alors qu'il est bien décidé à venir divertir ce gamin.

Pour Marcel, gêne plus triviale. Il n'a plus de pantalon parce qu'il a bien trop chaud sous sa couverture et il n'ose pas se redresser. La main de Valentine est posée juste à côté. Immobile, il redoute un geste brusque qui pourrait le découvrir.

Il faut s'y attendre, c'est au sculpteur de cire que revient l'initiative après les conventions et les considérations de santé.

— Marcel, vous savez...

Il continue à le vouvoyer. Différence avec Valentine.

— ... j'ai écouté ce que vous m'avez dit, ces fruits, votre désintérêt. C'est très juste au fond, c'est un vertige... Que je m'échine à n'être pas plus ambitieux m'offre un vertige. Ce temps perdu, gâché. Alors j'ai travaillé depuis notre dernière discussion...

— Première.

— Première discussion, en effet, nous sommes novices, mais n'est-ce pas qu'il y a quelque chose, n'est-ce pas ? Marcel ?

Il n'attend pas de réponse particulière, libre de poursuivre, Valentine n'en perd pas un mot. Que veut donc ce personnage, un rien obséquieux, indiscret, autant qu'elle en tout cas, à l'heure de franchir cette porte ?

— Et dans un souci d'apprentissage, de défi, j'ai œuvré pour vous convaincre de mon talent et voici donc.

D'un geste brusque, théâtral, excessif, répété et répété encore, Scala sort de sous son châle une main qu'il pose sur le lit. Marcel bondit et se découvre, jambes maigres, glabres et sous-vêtements, Valentine guère plus sereine, petits cris de stupeur. Une main, gauche, posée sur la couverture. Avec un naturel de chambre froide et de médecine de champ de bataille. Une main sectionnée à hauteur du poignet. Une chevalière à l'annulaire.

— C'est une horreur. Monsieur, vous êtes un boucher. À qui appartient cette main ?

— À personne, allons, ou alors à son auteur et son auteur, c'est moi. Elle est factice, reprenez-vous. Vous noterez que j'y ai mis un bijou pour plus de crédibilité.

Ce trio s'est formé dans ce malentendu provoqué par le plus âgé d'entre eux, en manque de coup d'éclat et tapageur. Ils en ont ri et, après tout, Scala sait y faire. C'est un amuseur. Au talent singulier et vain. Dans ce paysage glacé d'un hiver sévère, son jeu d'acteur n'est pas pour déplaire, son inutilité non plus. Ils sont nés dans cette chambre, à s'épouvanter d'une main gauche, moulage parfait de la propre main de Scala. Valentine et Marcel n'eurent, par la suite, jamais loisir de repenser à ce que raconte une histoire commencée dans une frayeur.

Novembre 1948

L'hiver glacé ne fait que consolider les petites sociétés du sana, miracle du repli sur soi. On s'y réchauffe, on y survit, on respire le grand air depuis les balcons, guère plus.

Les seuls, très seuls, ne sont qu'en train de périr à petit feu ou grands éclats, dans leurs lits, les visites rares ou pudiques, coûteuses pour tout le monde. Parfois un adieu, rarement, on se lie d'une amitié à l'âme légère et au cœur fragile, sans lâcheté mais sans engagement féroce non plus, avec lucidité. Parce qu'on guérit aussi, souvent, plus souvent qu'on ne meurt, alors on s'en va, on pense à ne pas se souvenir et parfois, le plus dur commence en bas quand le tuberculeux se souvient justement que la compagnie du monde n'est pas tendre avec le contagieux présent, passé. Il faut donc se laisser mener sur cette barque sublime et immobile, en connaissance de cause.

Le jeu a ses règles, vite admises par Marcel, avec les nuances du hasard. Un pied dedans avec Scala, un pied dehors avec Valentine, ou inversement.

Mal chaussé, mal équipé, Marcel manque souvent de glisser sur les quelques mètres qui vont de la sortie nord du bâtiment à la crypte, en contrebas. Dans cette crypte, règne la courte chaleur de l'abri, on ne peut pas s'y dévêtir, ou alors à retirer un bonnet et desserrer une écharpe ; c'est le refuge, la halte. Marcel le pressent. Il dévore des yeux un corps qui peint d'autres corps qui ne se désirent pas, interdits, peut-être dangereux. Il devient d'une superstition féroce, il interprète les signes, oracles du quotidien, un prétexte, un oiseau dans le ciel, une trace dans la neige, les signaux palpitants ou à moitié morts d'une promesse qui ne vient pas, dans cette cabane d'un dieu auquel il ne croit même pas, prudent et ardent à la fois.

Elle porte les cheveux comme il aime, même s'il aimerait n'importe quelle pince ou barrette, elle laisse apparaître sa nuque. Souvent de dos, elle bavarde, il bavarde, elle fixe le mur, il dévore son cou, emmitouflés. Elle porte des mitaines. Avec sa nuque, c'est ce qu'il aperçoit aussi de son corps, ses doigts rougis et tachés. Avec son visage. Mais qui n'aime qu'un visage quand tout le reste est à dévorer. Il lui arrive de s'approcher pour lui parler, quand elle dit des choses d'importance, selon elle. Il ne montre rien. Elle dégage une odeur de peinture.

Elle lui explique encore la Bible. Beaucoup. Elle la raconte comme un livre d'histoires. Elle lui demande aussi de l'aide parfois, pour mélanger une couleur, tenir l'escabeau, ajouter un coup de pinceau sans conséquences particulières, ici ou là. Il obtempère comme il écoute, avec passion. Elle pourrait exiger de lui qu'il imite la fresque de Michel-Ange qu'il n'y verrait rien à redire. Il désarme. Il savoure. Il désire. Elle tapisse les murs et son cœur à lui. Il n'en dit rien. Il se tait. Ou alors il la défie. Surtout quand il sent monter une forme de violence, de rage, d'impuissance. Comme toujours depuis qu'il est ici, on décide à sa place, n'est-ce pas le principe, le grand principe, le soumettre ? Ses sentiments n'y échappent pas, écrasés de silence, de l'indifférence qu'elle affiche.

Lettre de Marcel à Andrea

Andrea,

Ça fait longtemps quand même. Tu vas dire que c'est normal.

J'en sais rien.

Tu liras ma lettre j'espère quand même.

Est-ce que ça va ?

La poisse, c'est fou ce que ça cache. Si tu savais.

Parce que la poisse, le truc, la maladie. Moi je le dis comme ça, pour ce que c'est.

Je t'en veux pas pour quand on s'est plus vus du tout.

Mais donc la poisse, ça cache une fille. Je dis une fille, mais une femme. Une adulte. Il y a que ça de toutes les façons, tout autour, des adultes, et des femmes, mais des hommes beaucoup plus.

Mais elle, c'est pas pareil. D'abord, elle est pas malade. Bon, ça fait pas tout mais elle est pas malade et elle a pas peur en plus, de la contagion.

Je regarde son cou pendant qu'elle parle. Elle parle beaucoup avec plein de choses à dire, pas du tout pour rien.

Tu vas dire : pourquoi je raconte ? Parce que à qui je peux le dire sinon ? Je vais pas le dire à elle, j'ai pas envie qu'elle voie à travers, qu'elle fouille mes émotions.

Je te dis à bientôt.

J'espère.

Marcel

Avril 1970

Sur le moment, personne n'a compris. Quand il a dit :

— Il faut fouiller.

Personne n'a compris.

Fouiller, dans les décombres, c'était fait, déjà. Le décompte sans corps perdus. Il n'y avait à trouver que les accessoires ruinés de la vie enfantine du Roc des Fiz. Ça ne méritait pas au-delà des familles. Ce n'était pas son rôle à lui.

Lui, son rôle, c'était de faire les choses pour l'État. Il travaillait pour l'État et il convoquait des réunions comme on s'invite à la table de ses voisins, sans demander la permission et sans être soi-même un voisin. Un sans-gêne. La tête bien faite, jolie, dessinée dans du motif bronzé, ferme, étanche aux émotions. Nom : Tallier. Prénom : Thierry.

Trapu, musclé sans naturel, la testostérone plein les poches. Il puait la senteur mâle. Du fait main pour basse besogne. Qu'on le veuille ou non, cet homme mandaté par le ministère de la Santé avait quelque chose de communicatif, il inspirait des sentiments. Passion ou détestation, rien au milieu. Prodige du tout ou rien.

C'est lui qui a dit :

— Il faut fouiller.

Et :

— On va donc le faire.

— Qu'est-ce que vous voulez fouiller ?

— Tout, partout, mener un état des lieux, si vous préférez. Vos établissements sont certes privés, mais ils vivent de l'argent public, en partie, de subventions des lits. Souffrez donc qu'on y mette le pif. Mais avant tout, est-ce que vous avez de bonnes fondations ?

— Financières ?

— Non, docteur Velti. Fondations du bâti. Ici, c'était le règne de la conquête, vous avez joué les pionniers aux grandes ambitions, résultat, cinquante ans après, un drame et plus de malades. Ça mérite qu'on aille regarder si cela tient bon, non ?

— Ces bâtiments sont des merveilles. Il faut être aveugle pour ne pas en mesurer l'équilibre. Le drame du Roc des Fiz ne remet pas cela en cause. Tout autour de vous, c'est par la grâce que nous avons érigé ces sanatoriums et guéri des milliers de malades.

— La grâce oui, c'est exact, la grâce plutôt que la médecine. Nous verrons bien, nous verrons bien.

Il portait sous sa veste un col roulé. D'un geste machinal, il en remontait le col le plus haut possible, jusqu'au menton, avec un mouvement de frisson. Il a toujours froid. Le docteur Velti l'a toujours vu avoir froid, qu'importent les saisons ; et il a passé quelques mois, par vagues successives, sur le plateau.

Le Roc de Fiz n'était pas le coup fatal. Pas encore. Tallier devait s'en charger et il n'en faisait pas mystère.

— Vous savez ce que j'aime à dire ?

Personne ne savait mais son air comblé parlait pour lui.

— *Fluctuabit nec mergetur.* Je me suis permis de « futuriser » la devise de Paris, n'est-ce pas : « *Il sera battu par les flots mais ne sombrera pas.* » Faites émerger des hommes imaginatifs, entreprenants, modernes, fils ou petits-fils de fondateurs et des pionniers d'antan, sachant tracer les nouvelles voies. Restons optimistes. Transformez-vous. Vous ne parlez pas le latin, docteur ?

— Non seulement je ne le parle pas, mais je ne le comprends pas. Ma devise à moi, c'est de soigner, coûte que coûte.

— Qui vous dit le contraire ? Mais sauf à s'amuser à inoculer la maladie, qui voulez-vous encore soigner dans vos machins de verre et de béton ? Les marmottes ?

— Ceux qui le souhaitent. La tuberculose n'est pas éradiquée à ma connaissance.

— Elle ne l'est pas encore partout, en effet, mais l'essentiel est fait. Votre manque d'imagination va entraîner votre disparition. Vous êtes hors temps, plus même digne d'un livre d'histoire tant nous sommes passés à autre chose. Comme votre peste blanche. D'un coup d'aiguille, pic, vous allez foutre le camp ou vous adapter.

De ses doigts, l'émissaire du ministère de la Santé mime une pichenette, comme s'il jouait aux billes.

— Je vais foutre le camp, oui. Et vous allez rentrer à Paris pour flotter où vous voudrez.

— Le train n'est qu'à dix-huit heures, j'ai encore le temps.

Et s'il fallait encore une preuve de ce temps qu'il comptait bien laisser glisser à sa guise entre ses doigts, il a allumé une cigarette plantée dans un fume-cigarette qui lui donnait des manières décalées. Tallier et ses façons. Vulgaire latinisant, tonitruant compassé.

Mai 1970

Le plus étonnant dans tout cela, c'est que personne ne se soit méfié. Tallier a avancé, soldat déterminé, au milieu du champ de bataille et sans autre intention que celle de mener le combat. Il a dit, il a fait. Il a fouillé. Il a dit ce qu'il allait faire et il a fait ce qu'il avait dit. L'absolue transparence peut paraître aveuglante parfois.

Fouiller. Partout et à commencer par les structures.

Il a sondé les murs, visité les caves, inspecté les piliers. Et il n'a rien trouvé chez les autres, pas plus que dans le sanatorium de S. Pas de fissures, pas de fragilités. Le Roc des Fiz ne s'était pas effondré sur lui-même, il avait été englouti, comme une maison trop proche de l'océan pourrait l'être par une vague immense. Ses fondations n'y étaient pour rien. L'emplacement des fondations y était pour quelque chose. Les autres, autres propriétaires et gestionnaires de sanatoriums voisins, étaient trop loin de la falaise pour redouter quoi que ce soit.

Le docteur Velti n'a pas monté la garde. Tallier est arrivé à l'heure prévue, à la date prévue avec une équipe d'architectes et il a reçu plutôt bon accueil. Il était toujours habillé de son col roulé bordeaux, le docteur Velti lui a demandé de bien vouloir ne pas fumer à l'intérieur et à l'extérieur, pour les patients, ce qui l'a fait un peu rire.

— Vous connaissez les chiffres, docteur, ici et ailleurs ?

— Les chiffres ? À quel sujet ?

— Le mois dernier, le taux d'occupation moyen dans les sanatoriums était de 62 %. Dit autrement, quatre lits sur dix sont vides. Ici et ailleurs.

Il récitait cela sans méchanceté. Couvert simplement de la joie des évidences, celles qui donnent chaud.

— Ce qui ne veut pas dire que je n'ai pas encore des malades dont je prends soin et qui doivent guérir. Sans fumée de cigarette, c'est plus simple.

— Certes. Taux de mortalité dix pour cent mille contre deux cent cinq pour cent mille en 1918. Est-ce que je continue ?

— Je connais ces chiffres, merci. Mais preuve que l'on meurt toujours de la tuberculose.

— Oui, comme on continuera à mourir de tout et de rien, parce que la nature est ainsi faite. Docteur, ne soyez pas archaïque, je vous en conjure. Acceptez le changement. Acceptez de vous être trompé.

Les chiffres ne mentaient pas et Tallier non plus. Le plateau d'Assy était condamné, les médecins perdaient leurs malades, une rareté dans l'histoire du soin. À part peut-être les lazarets. Plus de lépreux, plus d'îles mouroir. Plus de tuberculeux, plus de refuges en sanatorium. Partie perdue. Les soignants ne servaient plus à rien. Les patients qui arrivaient jusqu'ici étaient parfois dans un état de grande détresse, mais faute de réaction suffisamment rapide, faute de vaccination aussi, beaucoup étaient issus des populations immigrées, mal informés, ce qui ne plaisait pas à tout le monde. Tallier n'avait qu'un mot à la bouche : la modernité. Et cette modernité ne jouait pas en faveur des gardiens du temple. Il n'y avait plus de dieu à préserver ou à honorer. Le soleil servait à se tanner la peau, à jouer de la beauté passagère, plus à guérir. Le lieu de culte devait trouver un autre usage sous peine de disparaître. C'était sans précédent, sans commune mesure. Tout cet investissement, toute cette inventivité, les couleurs, les décorations, les joies Art déco, les folies baroques, la vivacité d'un vitrail, le mobilier charnu et épais, les chaises longues cannées, tout cela ne méritait que la brocante et les brocanteurs commençaient d'ailleurs à se manifester, pour le cas où… il restait à vendre, à dépouiller, à repenser, à bannir.

— Ce que je dois bien admettre, c'est la solidité des bâtiments, c'est du beau travail. Mais il nous faut repenser les façades, fermer tous ces balcons, dresser des galeries plus vastes. Ce serait parfait pour accueillir d'autres malades. Et vous savez que le secteur du tourisme est intéressé lui aussi.

— Impossible.

— Pourquoi ?

— Vous n'avez déjà plus de mémoire, Tallier. Déjà. En bon représentant de ce que vous êtes.

À force de frottement, il y a échauffement, c'est la loi de la nature.

— La tuberculose n'est pas morte, elle vit dans les cœurs, les esprits, dans les traumatismes parfois, surtout par ici. Interrogez les gens. Elle persiste aussi dans les têtes de millions de familles partout dans le pays. Personne ne viendra passer des vacances dans un centre où on est mort les poumons remplis de sang, c'est une folie. Même les Allemands nous ont foutu à peu près la paix, pendant la guerre, parce qu'ils redoutaient la contagion. Les obsessions ont la vie dure quand il faut. Et peut-être que c'est tant mieux. Peut-être que je n'ai pas envie que dans mon sanatorium, des gamins viennent hurler et leurs parents s'empiffrer n'importe comment après avoir pris le soleil ou je ne sais trop quoi. Peut-être que la dignité pousse à ne pas tout confondre. Est-ce qu'on fait d'une église un piano-bar ? Est-ce qu'on ne peut pas imaginer que de l'épreuve, de la souffrance, on conserve des sanctuaires ? Vous ne croyez pas à la sanctuarisation, comme on fait des lieux pour toujours, dans le souvenir.

— Dans la naphtaline, docteur.

— Non. Non. La mémoire est une matière vivante, Tallier. La mémoire de ceux qui se sont battus contre la maladie. On fait des monuments aux soldats, on ne fait pas d'arc de triomphe à ceux qui ont combattu la maladie, quelle qu'elle soit.

— Pour les malades ou pour les soignants ? C'est vous que vous voulez mettre à l'honneur, docteur, pas vos malades. Mais d'ailleurs je dis « vos malades » comme vous dites « mon sanatorium ». Qui appartient à qui ? Franchement, vous prenez tout trop à cœur.

Ils échangeaient avec véhémence, sans souci de faire mal. Personne ne cherchait à faire chuter l'autre, les rôles étaient déjà déterminés. Chacun a signé pour sa place à la fin. Vainqueur, vaincu. L'un n'était qu'un petit mutin, l'autre le regardait s'agiter encore.

Tallier ne doutait pas. De ces moments qui n'ont pas vocation à créer le télescopage. C'était fini, il venait le dire sans soin particulier, sans plaisir non plus. Il n'y avait à sauver que les apparences. Le docteur Velti n'était plus qu'à une place sans avenir, dans un costume sans talent. C'était fini. La porte trop lourde à pousser pour des contaminés trop discrets. C'était fini. Qui eût cru qu'il perdrait si vite son royaume ?

— C'est un monde que nous avons construit ici, entre ces murs et dans le village. On ne balaye pas les mondes avec des injonctions définitives. Il y va de l'ordre moral.

— Non, il y va d'une forme d'affect. Vous aurez compris que j'aime les chiffres, docteur.

— Ça ne m'a pas échappé.

Tallier tousse dans son col.

— Les médecins phtisiologues sont pour 90 % d'anciens tuberculeux, décidés à venir rendre ce qu'on leur a offert. Des redevables. Et soudain, on vous signifie, moi ou d'autres, que vous n'aurez pas l'occasion de rembourser votre dette. C'est de l'affect, pas de la morale. Êtes-vous un ancien malade ?

— On porte en soi un lieu. Une géographie. Vous ne venez pas seulement, avec vos décomptes, m'offrir une amputation, vous me proposez une extinction. N'attendez pas que je vous laisse saccager sans moufter.

— Il n'y a pas de raison d'être pessimiste pour Passy. Tout fut créé *ex nihilo* par des pionniers. Il suffit que l'esprit d'entreprise et de renouvellement se manifeste à nouveau. La routine ou le manque d'imagination, inhérents aux structures établies ou délaissées, doivent disparaître. Modifiez-vous. Tout bonnement. Sinon oui, vous allez vous éteindre. Votre soleil sera toujours là. Mais pas vous.

— Je suis un acharné. Vous verrez.

— Je vois, je vois… et je ne vous suis pas. Je sais que vous me méprisez, avec mon côté bon soldat du ministère, mais je me suis renseigné sur vous. On dit du bien. De votre sens du soin, de la médecine, de votre attention aux patients. On le dit et je le crois. Tout cela, vous pouvez en faire profiter qui veut et pas seulement ce lopin de terre. Voyez grand, plus grand. Arrêtez de vous réduire.

— Mais ici nous avons vu grand et immense, comme jamais personne n'avait vu si grand et immense jusque-là dans l'histoire de la médecine. Ces sanatoriums sont des prodiges. J'y suis chez moi.

— Vous êtes une énigme, docteur Velti. Mon énigme. Je ne crois pas à vos histoires. Il y a quelque chose que vous ne dites pas et qui vous retient ici, et qui vous regarde après tout, je ne suis pas psychologue. Je vais même vous dire, je m'en fous. Oui, je m'en fous. Mais plus que tout, j'adore comprendre et j'enrage face à ce qui me résiste. Et j'enrage avec vous. Votre résistance a quelque chose d'anachronique, elle est décalée, presque… je ne voudrais pas vous blesser… presque débilitante.

— Vous vous prenez pour plus malin que vous n'êtes, c'est là le drame.

— Arrangez-vous avec votre conscience, docteur, mais faites vite.

Extrait d'une lettre du directeur du sanatorium de S. au préfet de Haute-Savoie, 10 mai 1970 :

« Je ne crois pas que cet établissement que je dirige depuis des années mérite une si triste fin et c'est parce que je vous en sais aussi convaincu que je me suis permis de faire appel à vous dans toute la mesure où vous le jugerez utile. »

On a oublié, abandonné.

On a mis des scellés sur des navires, des chambres closes, des portes défoncées. On a barricadé des ruines. Enserrées de ferrailles et rubalises.

Le lierre a poussé, on ne l'a pas coupé. Les arbres ont envahi les parcs, on a laissé faire la nature, à son retour, à sa bonne volonté. On a trouvé cela normal.

Le matériel a été déplacé, on a fait vite.

On a fait mettre des caméras, ou des gars dans des voitures pour les rondes, la surveillance, sachant qu'on n'avait rien laissé derrière, sauf des débris.

On a jugé dépassé, ringard, obsolète, loin de tout, oui, loin de tout, les grandes villes, les métropoles, les mondes plus denses et vastes à la fois. On a jugé inutile, coûteux, hors d'âge.

Assez, on a dit.

Assez pour le moment et pour toujours et on verra bien et on détruira.

On n'a pas détruit. Plus cher. Trop cher. Mieux vaut laisser pourrir sur racines. On n'a pas déraciné.

On n'a plus entendu tousser. On n'a plus soigné. On a écouté le silence revenir, pas pour deux heures, pour toujours. On a laissé le mont Blanc où il est. On l'a laissé contempler le mépris du siècle nouveau pour le siècle passé.

On a compté les croix dans le cimetière, des cœurs de céramique, priez pour eux, de ceux qui ne sont jamais redescendus même pour goûter à une autre terre.

La peinture a craquelé, les vitres ont cédé aux coups extérieurs, on n'a pas vu, pas regardé, pas vu, pas pris. Vite dédaigné.

La prouesse, la science, l'espoir du dieu soleil. On a cassé les autels. Brisé les élans du confort, de la folie guérisseuse, de grâce et de sang craché. On a rationalisé. On a oublié les familles par milliers. Les trains perdus. Les cars bondés, les routes fraîches de bitume. On n'a pas raconté, plus raconté, les millions, tubards, les foyers éclatés par la toux et le bacille. On n'a plus su. Plus du tout. On n'a pas éradiqué mais on a vacciné et on a sauvé et on a cru pour de bon, c'est réglé, c'est terminé.

On a abandonné sur le sol un pull, un verre brisé à moitié, des tubes et du plastique sans âge.

On a marché sur des déchets, dans la crasse et le regard empêché.

Passons.

On est passé.

Sur les mémoires, autre chose, autrement, autres virus, autres priorités, on a inventé et trouvé autre chose, autrement.

Qui sait ?

Qui se souvient ?

On a oublié.

Décembre 1948

Ils se sont croisés dans les espaces communs du sanatorium, en bas, ces salons où l'on vient s'installer pour lire, échanger, jouer, ne rien faire de particulier, garder les yeux dans le vide, écrire, faire des mondanités, se mêler aux autres sans se mêler aux conversations, le lieu du mélange, entre contagieux on se supporte. Ils se sont croisés, dans un hasard, faux hasard, provoqué par Marcel :

— Je me posais une question et vous allez me dire ce que vous en pensez.

À cette approche, Scala se raidit. De vigilance. Marcel, garçon poli, parfois rattrapé par sa jeunesse et les formules mais beaucoup de tenue. Beaucoup. Un gamin bien élevé même si sanguin. Et cette prudence dans l'approche ne présage rien de bon pour le sculpteur, ainsi qu'il se présente. Ils se connaissent de mieux en mieux, Scala vient souvent chercher la discussion, pour un prétexte, l'occasion d'un bon mot et d'une maxime, quelques échanges rapides ou non, cette fois l'adolescent entre en scène le premier.

— Mon père.

— Oui ?

— Je passe ma vie à l'imaginer depuis que je suis arrivé.

— Oui, ça n'aura échappé à personne.

Cette manie de vouloir combler le vide minuscule.

— Puisque vous faites des choses en art, vous pourriez l'imaginer pour moi.

Plus de bruit.

Le matin a été d'une longueur misérable, à s'étriller sous la neige, en poudreuse, depuis quatre jours. Scala a regardé l'horizon bouché à s'y froisser les yeux. Mâchonné par le temps laborieux. L'impatience vient de là. De ce qu'il navigue en rond. Que tout est opportunité à dégivrer. Il n'y a pas de cheminée dans les sanatoriums, pas dans le sanatorium de S. en tout cas. Pour la fumée, la poussière, les risques pour la toux, la saleté, bonnes ou mauvaises raisons. La seule cheminée est à l'arrière, dans un coin, côté nord comme tout le caché, on y brûle parfois les habits des patients très contagieux et emportés par la peste blanche, ça ne se dit pas, ça ne se raconte pas, on ne s'y réchauffe pas.

Pas même, donc, un âtre où se blottir. Dans toute sa beauté, bien chauffée pour autant, le sanatorium peut prendre des airs majestueux de temple pétrifié. Fermé. Enfermé. Sur lui, en lui, sans apport extérieur, figé dans une glace invisible. Ce ne sont pas les ateliers, de couture, notamment, pas plus que les jeux de cartes qui font craqueler la banquise. Il faut vivre avec l'aveu de n'être ici que piégé. La saison froide, sans secours, est le calvaire de Scala. Et, depuis quelques jours, le ciel s'acharne à descendre plus bas que la joie.

— Imaginer, est-ce que vous pouvez préciser Marcel ?

— Vous pourriez, en me regardant par exemple, vous voyez, imaginer à quoi ressemble mon père. Et je vous ai apporté une photo de Maman.

Outrageusement abasourdi, Scala saisit la petite photo, aux bords crénelés, une femme petite, prise de loin, près de ce qui ressemble à un platane, il n'y connaît rien en arbres mais il connaît l'écorce du platane, robe noire, cheveux ondulés, à peine le contour d'un front.

— Mais qu'est-ce que vous voulez que je fasse de ça ! On n'y voit rien. Reprenez-la. Et puis vous êtes gonflé. Vous jouez la distance, le gamin déjà revenu de tout et, d'un coup, vous déboulez avec l'intention de faire de moi le portraitiste officiel.

À l'arrière de la photo : *Louise 1938*. Il la retourne avant de la rendre à Marcel. Ils se sont assis dans l'un de ces grands salons du rez-de-chaussée, le plus spectaculaire, insensé, tout à fait péremptoire, de décoration égyptienne. Sous les papyrus géants aux airs de colonnades, face à la délicate tenue droite et ferme d'une déesse sans adorateur, trône un piano, dans toute son incongruité, anachronique, un grand piano à queue comme jamais on n'en a trouvé au bord du Nil. Depuis la guerre, les couleurs ont été rehaussées, épatantes, luxuriantes, jusqu'à la feuille d'or. Une pièce presque close, sans fenêtre. Un tombeau de pharaon pour Marcel qui vient s'y réconforter souvent, dans l'ivresse de l'ailleurs, un sursaut de navigateur, de découvreur, d'archéologue de pacotille. Comment expliquer le confort, la délicatesse de la vie dans ce sanatorium et la maladie qui s'y frotte ? Inépuisable aveu : serait-il bon de ne jamais quitter cet enfermement ? Il a des choses à vivre ailleurs et avec d'autres, ses amis, Maman… Il a des envies. Autrement. Des désirs. Flous encore. Des pulsions. Des démangeaisons de croissance. Pourtant il se sent bien ici. Il lui arrive de savourer l'instant. Est-ce honteux quand, à côté, un étage au-dessus, une chambre quelque part, un autre souffre et s'essouffle et se retourne dans son lit jamais quitté ? C'est une morale de trop pour lui.

Les questions s'étouffent elles aussi, sous d'autres plus intenses.

— Alors ?

— Je résume : vous me demandez de dessiner un père, et le vôtre en plus pour faire encore plus indigne.

La propension à s'agacer de Scala, seconde nature. Marcel impassible. Ils s'habituent déjà l'un à l'autre. Autour, les patients, clients, malades, s'habituent eux aussi à ce couple mal assorti. Cet homme de moitié de vie, son châle élégant et ses mains sales. Cet enfant de presque adulte, à la garde-robe réduite et à la présence singulière. Le divertissement n'est jamais désagréable. Il se peut qu'on interrompe une partie de belote pour les écouter parler, toujours un peu fort, cartes retournées.

— C'est impossible.

— Mais pourquoi ? Vous ne savez pas dessiner ?

— Voilà, voilà, montrez-vous insultant Marcel, petit provocateur. Je sais dessiner et mieux, bien mieux que celui qui a inventé ce décor pharaonique. Le talent ne se cultive pas, il est là.

Il frappe sur son cœur.

— Là aussi.

Il pointe un index sur son front.

— Il n'est pas dans des postures.

— Qu'est-ce que c'est qu'une posture ?

— Une arnaque, Marcel.

— Moi, je l'aime bien, ce décor, c'est beau. Ça fait riche. Et je ne comprends pas pourquoi vous ne voulez pas essayer d'imaginer mon père, pour voir.

— Pour la même raison que ce décor est ridicule. Celui qui a peint ces femmes tressant des paniers, à la manière d'Égyptiennes de bouquineries, est un comique. Il singe le monde, il singe le réel. Il lui donne des tournures pittoresques.

— Pittoresques ?

— Avec le sens de l'exploit, de l'original, de la drôlerie, du creux en somme. Ça ne durera pas. Demain, on recouvrira d'une couche de blanc ou de noir et adieu Abou Simbel, adieu Louxor. Ce n'est pas de l'audace, c'est du fantasme pour clients bourgeois.

— Enfin, moi, je vous ai pas demandé un cours mais juste d'essayer de dessiner mon père.

— Sur la base de mon imagination.

— Oui. Et pas seulement puisque moi je suis là et que j'ai forcément un peu de lui. Vous voyez, par exemple, mon nez, il est un peu comme tordu, il repique vers le bas, et ma mère n'a pas du tout un nez comme ça et donc à tous les coups, il a mon nez. C'est du tout cuit.

— Une histoire de nez tordu, ce n'est plus un hommage que vous me rendez, Marcel, c'est une panthéonisation.

— Quoi ?

— Je ne fais pas dans l'imagination. Je fais dans la vie tout entière. Pleine et ronde. Avec sa laideur parfois. Son excroissance. Vous remarquez comme elles sont, ces femmes et leur nez justement ?

Il se lève et s'approche d'un mur où sont peintes quatre jeunes femmes, perruquées de noir, tenue blanche légère, de profil, l'une joue d'une sorte de flûte, les autres assises dans des postures de contemplation méditative, pieds dans l'eau, symbole des scènes façon Égypte ancienne de livre pour enfants.

— Regardez leurs courbes. Du nez.

De son doigt, sur la pointe des pieds pour l'atteindre, il souligne le fil de l'appendice. Toutes parties de cartes alentour interrompues.

— Tous identiques. Un nez petit, rond, plat, d'un horrible convenu, un nez de couronnement. Comme le ventre d'ailleurs. Arrondi comme il faut pour la souplesse de la jeunesse, des pieds parfaits, et ces poitrines… Voyez ça, ces poitrines, toutes de cette épaisseur qui ne dit rien du monde et de l'incroyable variété en la matière. C'est d'un ennui. Les poitrines toutes menues, ridicules de bon sens. C'est un carnage.

Et d'un geste, il trempe un mouchoir de tissu dans son verre d'eau et fait mine d'effacer la peinture.

— Vous voulez refaire les poitrines ?

— Si seulement, Marcel.

Aux autres tables, on applaudirait à la performance. Le théâtre à l'honneur.

— Bref, je ne vais pas me risquer à inventer le réel. Il est sous nos yeux ou il n'est pas.

— Vous êtes incapable d'imagination. Je comprends.

— Mais non, pas du tout.

Il prend une voix forte, étirant les mots tant qu'il peut. Marcel rétorque. Sec. Cassant.

— Si. Vous êtes incapable d'imagination. Et il n'y a pas de honte à le dire. Sauf qu'il faut le dire. Ça suffit, cette manie des adultes de faire des mystères. L'imagination, c'est une chance. Et parfois, c'est tout ce qui reste pour s'occuper. Vous savez pas faire, tant pis. Mais dites-le, bon sang de merde.

— Pardon, Marcel ?

— Moi aussi j'ai le droit de m'agacer. Vous voulez pas, vous dites : je ne veux pas. Point. Vous ne savez pas inventer, vous dites : je ne sais pas inventer.

Et dans ce même mouvement de colère inattendue, sérieuse, renonçant à tout aménagement avec les circonstances, Marcel a ce geste impossible, bravant l'interdit ultime car il existe des objets à cet effet, des objets individuels, dûment étiquetés, en céramique ou en laiton, des crachoirs, Marcel crache au sol. Scandale. Scala applaudit. Il l'appelle « le petit lama ». Indignation aux autres tables.

Quelle matinée formidable. On reprend les cartes pour ne pas avoir à en voir plus, on ne reprend pas la partie tout de suite, il y a tant à dire. Pour le portrait du père, adieu rêvasserie. Marcel a gagné l'affection de Scala. Pour l'instant, c'est ce qu'il a.

On le regarde beaucoup, scruté l'enfant, pour son audace. On voudrait lire en lui, le transpercer de curiosité bien légitime, dit-on par ici, en plus à s'acoquiner avec le boiteux de service, le Scala, il fait dans l'étrange le gosse. Prenez par ici, deux cailloux, un éclat, une étincelle, vous en ferez un tonnerre, prodigieux.

— Mon bonhomme, il va falloir vous divertir un peu sinon je vous sens dépérir en peu de temps.

Janvier 1949

Qui du soleil, de l'opération, qui de Scala, de Valentine, qui du hasard et des prières sans origine fixe, qui donc ? Marcel progresse à défaut de guérir complètement. Au sanatorium de S., on lui parle même du lac Vert, il y viendra. Ce lac, le bien-nommé, vert, que l'on peut rejoindre à pied quand le cœur devient plus vaillant, symbole du rétablissement après lequel chacun court. Marcher jusqu'au lac Vert, c'est entrevoir la redescente. Il y a du vertige dans cette perspective.

Maman est venue pour Noël, troisième fois seulement, elle ne peut plus se le permettre, trop coûteux et pour tout dire, presque trop éprouvant, face à la santé endormie de son fils. Elle a séjourné cette fois chez Mme Krassoff et la fête fut jolie malgré tout, l'éloignement, les doutes, le chamboulement.

Marcel avait rangé ses fantômes et ne s'interrogeait plus sur les finances familiales pourtant rugueuses et sur le prix d'un privilège. Il aurait pu. Maman faisait des calculs, des projections, avec un agenda de guérison n'obéissant à aucune logique. Elle ne pourrait pas payer au-delà du mois d'avril, c'était certain. Pendant les vacances scolaires, Maman devait trouver de quoi travailler plus et encore pour assurer le nécessaire. Coûteux nécessaire. Mais maintenant qu'il avait de quoi penser et se divertir, Marcel usait ses états d'âme à autre chose. Maman devait s'accommoder de livrer son fils à ces deux-là. C'était au moins ce qui était pris à la destinée.

Vivre grand avec Scala.
S'empourprer avec Valentine.

Scala d'abord, dans l'ordre de la moindre implication. Quoique.

À tout théoriser. Sa vie au sanatorium de S. n'a pas d'origine fixe, il peut disparaître pendant plusieurs semaines, revenir, fuir de nouveau, abandonnant Marcel à ces boucles qui se contractent ou se dilatent, rubans enroulés sur eux-mêmes, oisiveté. Ces boucles qui ne mènent jamais nulle part :

— Ici, il n'y a nulle part où aller. Le plus difficile étant de ne pas s'effondrer sur soi-même. Est-ce que vous croyez que ça fait un trou dans le sol ou dans l'atmosphère si on s'effondre sur soi-même ?

Au départ, Marcel avait cru comprendre, nulle part où aller, les grillages, les limites des sorties, les rares visiteurs, les fuites impossibles. La suite manquait de clarté et il avait remisé le discours au grenier avec les précédentes élucubrations de Scala.

Mais il sait désormais. Marcel comprend où son camarade veut en venir. Quand divaguer ne suffit même pas à occuper l'espace, quand rêver n'est qu'une parenthèse, quand lire ou écrire n'est qu'une diversion dérisoire, quand tout est là sans rien avec car tout est là dans cette même beauté inébranlable. C'est cela, l'effondrement, puisque même son poumon était promis à cet affaissement.

— Il faudrait prendre le pouvoir. Envoyer valser les règles, les obligations de soins ou de silence, faire grandir l'esprit de révolte. Courir de chambre en chambre, faire monter les troupes, bâtir en bout de couloir des barricades, pour ne pas avoir à céder trop de terrain à la toute-puissance du médical. Aussi dérisoire que cela puisse paraître. Être rebelle. Ne pas prendre son traitement. S'envoyer une bouteille de Suze et fumer comme un sapeur. À votre âge, mon bon Marcel, c'est ce que je souhaiterais. Moi, c'est trop tard.

Partageur, le Scala ne s'en tient pas aux grands discours. Amuseur public, dissipateur de grisaille.

Il y a une voiture, différente de celle de la tentative d'évasion.

Une Renault Juvaquatre aux joncs chromés horizontaux, freins hydrauliques. Elle était bordeaux et beige, neuve, clinquante.

Marcel avait vu Valentine sortir de sa grotte pour observer l'engin, étonnée par le vacarme, tout relatif. Au sana, dans l'étouffé, un soupir vaut parfois hurlement, alors un moteur…

— Je vous emmènerai faire un tour tout à l'heure. Mais j'ai mieux que ça, vous voulez savoir ?

— Oui.

— Marcel, je vais vous apprendre à conduire.

— Sur cette voiture ?

— Non, sur une autre, je ne tiens pas à vous voir bugner ma merveille, pas fou le bonhomme, mais je vais trouver une vieille guimbarde à louer et vous allez apprendre. C'est aussi simple que de savoir respirer si vous me permettez cette image.

Marcel n'en revient pas, bénédiction du ciel. Conduire, c'est comme on s'échappe. Conduire, c'est comme hisser la voile. Conduire, bon sang, c'est de la gloire en carrosserie, en roue libre. Conduire, c'est Byzance, comme disait souvent Maman, Marcel ignorant au passage qu'elle l'employait avec ironie. Pas lui. Pas maintenant. Pas après tout ce qu'il a traversé. Profiter. Sans arrière-pensée. Sans ironie, qu'est-ce que c'est que cette manie de chipoter sur le bonheur. La voiture, c'est le début de la fuite. Partir. Fuguer. Il n'y pense plus jamais, pour ne pas faire de la peine à Maman, mais une voiture, conduite intérieure, façon coach, cela parfume le sana d'une descente tout bringue vers le salut. D'ailleurs, un jour, entraîné dans une pente, Marcel manque de peu un précipice mais on raconta plus tard, entre les deux, qu'on avait ri comme jamais.

— Tu savais, toi, que la vitesse est aphrodisiaque chez les femmes ?

Valentine n'a rien ajouté à cette remarque, stricte citation, rapportée en l'état. Elle se doutait que Marcel n'avait aucune idée du résultat de la combinaison entre Aphrodite et un carburateur. Mais il ne lui appartenait pas de compléter ou d'amender la référence. Scala a des manières. Des manières variables selon le public. Avec Marcel il dévale parfois au rythme d'une forme d'inélégance, involontaire. Est-ce pour plaire à plus jeune que lui, à son protégé comme il l'appelle parfois ?

Plus tard, après la voiture, il y a des godasses. Scala soignait toujours l'accroche par un terme plus familier que nécessaire, contrastant là encore, naviguant entre les eaux. Effet de style, les moyens, la fortune, tout est dérisoire, léger, quand on peut s'offrir.

— Voici pour vous. Enfin, pour vous. Si vous vous décidez à pousser jusqu'au lac Vert.

Pas impossible que la paire de chaussures pèse à peine moins lourd que Marcel.

— Des brodequins entièrement en cuir, semelles comprises et des renforts cloutés par en dessous. Et, pour plus de maintien, une lanière sur le dessus permet d'ajuster au mieux sur le pied. C'est du costaud. J'ai acheté ça du côté de Gap.

— Je peux essayer ?

— Non. Pas touche. C'est la récompense. Si vous voulez chausser ce magnifique bazar, il faut le mériter.

Il lui frotte le bras, tonique, il lui secoue le bras en réalité. Baissant la voix. Complice.

Valentine, loin du généreux donateur dira plus tard, en représailles moqueuses :

— Le lac Vert on peut y aller pieds nus par beau temps, quand l'herbe est grasse. Mais après, si c'est pour montrer qu'on a de l'argent, le plus simple, c'est la chaise à porteurs.

Il y a encore une montre pour mesurer le temps à poursuivre. Il n'y a pas de livres, mais un abonnement à un magazine sportif, *L'Auto*. Il n'y a pas de livres, mais un stylo, avec une plume fine et argentée. Il y a un chapeau, fort beau, pas hors de prix.

Ainsi, les serments s'accumulent au même rythme que la neige sur le sol par hiver tardif et collant.

Au début, c'est beau et rassurant ; à la longue, cela devient voyant.

— Que faites-vous avec Marcel, monsieur Scala ?

— Nous nous amusons. Pourquoi cette question, Valentine ?

— Vous donnez parfois le sentiment de vouloir vous l'offrir ou dire au monde que vous avez les moyens de vous l'offrir.

— Ai-je dit cela…

— Vous dites beaucoup, souvent, trop sans doute. Avec le sentiment désagréable que vous profitez du vide. Vous comme moi, nous savons de quoi manque ce garçon.

— De souffle. Il n'est pas le seul…

— Ne jouez pas au sot.

— Ma fortune vous dérange, elle vous agace Valentine.

— Vous jouez les paternels mon ami, et c'est si visible que vous en êtes ringard.

Marcel s'approche sans deviner la petite tension qui monte.

— Marcel, justement, nous parlions de toi, M. Scala et moi. Et je me demandais une chose. Est-ce que ta mère sait à quel point tu es gâté, une montre, des stylos et j'en passe. Elle le sait ?

— Non. Enfin, moi je lui ai rien dit.

— Eh bien tu devrais l'en informer, c'est dans l'ordre des choses.

— L'ordre de quoi ?

— D'un monde bien ordonné.

— Valentine, dans mon monde fagoté, comme tu dis, on s'invente ce qu'on veut et ce qu'on peut. Moi, j'ai grandi avec des bouts de chemin de partout. Avec jamais rien qui mène quelque part. Maman, ma mère, Louise, je peux pas dire qu'elle a pas tout donné ou fait pour moi. Même de penser le contraire, c'est mal, alors je le pense pas pour pas faire le mal. Je peux pas. La preuve, regarde donc où je me soigne. Dans ce beau bateau. Mais avec tout ce qu'elle donne, Louise, elle donne pas d'histoires. Zéro. Sur mon père et sur tout le reste. Du silence rien que du silence. Même pas un objet à se mettre sous la dent pour voyager dans le souvenir. Alors, M. Scala, il arrive, pardon je parle de vous alors que vous êtes devant moi, il arrive et il plante des trucs sous mes yeux comme ce n'est pas imaginable comme ça me remplit. Tu sais, Valentine, tu dis toujours qu'il faut aller à la source, que c'est réjouissant, tu dis. Que ton Seigneur, il est plus réjouissant à la source, au début quoi. Moi je le comprends comme ça, qu'il faut toujours un début à quelque chose et que c'est ma manière de grandir sinon on comprend rien à rien et on reste petit du genre où l'on voit à travers parce que c'est vide.

— Mais un stylo n'a jamais rien rempli.

— Non, pas un stylo. Mais quelqu'un qui donne un stylo.

Scala replace son châle éternel sur ses épaules. C'est du César matant la Gaule. Valentine s'incline. Marcel rougit de dire tout cela, surtout devant elle.

— Je n'insiste pas. Vous êtes grands tous les deux, l'un plus que l'autre mais disons tous les deux.

À la lumière de la lampe de son bureau, dans le calme revenu, dans sa chambre, Marcel écrira à sa mère une lettre pour lui raconter le stylo. Il n'a parlé que du stylo, d'un seul stylo. Mais il se sent déjà mieux de l'avoir fait. Il raconte sans raconter la manie de Scala de laisser une trace partout où il passe.

Juin 2018

Attendre. Dans ce salon façon camp retranché de bois d'ébène. Où il règne cette puissante odeur de produit contre la poussière, les sprays qui font succomber l'odorat pour l'éclat. La matière qui n'est pas sur les meubles s'agite dans l'atmosphère, en suspension, à guetter son heure, quand le coup de chiffon sera jugé dérisoire ou épuisant.

Attendre. Avoir fermé le rideau de fer, volet roulant métallique, les rais de lumière léchant à peine la pénombre. Refuser la vue. S'en priver ou ne plus savoir la savourer vraiment. Laisser s'installer le foutoir, l'abonnement à *Paris Match* renouvelé automatiquement dont on ne fait plus que les mots fléchés sans lire un article, le casque pour écouter la télévision, l'audition manque, les piles de rechange sur la table basse, un paquet de bonbons, des caramels durs et ronds, un calepin avec les numéros, certains barrés, beaucoup.

Attendre. Quatre-vingt-cinq ans. Ne plus rien attendre.

Quand elle est venue sonner à la porte, le vieil homme n'a d'abord pas réagi. Il n'a pas reconnu la sonnette, c'est assez rare le passage désormais. Il fait ce qu'il a à faire pour lui, sans aide de personne, la société dit « autonomie ». On ne sonne pas pour venir le voir, lui parler, plus maintenant. Sauf un.

Attendre. Quatre-vingt-cinq ans.

La visiteuse s'est montrée courtoise et prévenante. La cinquantaine, moins peut-être, habillée à la manière de moins que la cinquantaine, mais il se dit que ça ne veut rien dire. Il a pour lui le temps, tout le temps nécessaire, pour se dire des choses, souvent à voix haute. Elle a des baskets très blanches et un blouson façon léopard, un large bonnet qui ne doit pas servir à lui tenir chaud, en plein été le bonnet est accessoire. Il fait doux. Un Parisien dirait que c'est agréable.

Elle est passée, avant d'arriver jusqu'à lui, par la mairie de Passy, par le restaurant au bout de la route où des touristes se gavent de plats de fromage avant de faire du parapente, elle est passée par l'office de tourisme :

— Et me voilà, il paraît que vous êtes la mémoire vivante du plateau d'Assy.

Elle sourit. Ils sont encore debout dans le vestibule. Il porte des chaussures fines et souples, pour l'intérieur. Il n'est pas négligé. Il reçoit. Par politesse. Il a été prévenu. Il propose un café, il dit entrez et il ajoute, voyons ce qu'on peut faire pour vous, ma mémoire et moi. Il précise que c'est de la chicorée et non du café. Elle dit, ne vous dérangez pas. Elle dérange. Alors pourquoi prétendre le contraire. Mais il n'est pas contre l'idée. Alors il fait bouillir de l'eau dans une casserole sur une cuisinière à gaz et elle patiente. Elle a retiré son blouson. Il attend près de la casserole. Il n'a pas de bouilloire. Il revient avec un petit plateau de plastique, deux tasses fumantes posées sur des coupelles.

— Alors, dites-moi ?

— Voilà…

Il se dit qu'il n'aime pas les gens qui commencent leur phrase par voilà, mais il n'insiste pas.

— Je suis commissaire-priseuse, j'organise une vente dans les prochains mois à Paris sur le thème du *memento mori*. Vous savez de quoi il retourne, *memento mori*… souviens-toi que tu vas mourir ?

— Merci pour cette traduction.

— C'était pour éviter… bref, pour les malentendus possibles… J'ai donc eu entre les mains une chose étonnante. Le mieux, c'est peut-être que je vous montre. Mais je vous mets en garde, je ne voudrais pas vous effrayer. D'accord ?

— Vous ménagez vos effets avec soin. Ou alors vous me prenez pour un falot.

— Je préfère prévenir.

De son sac, elle sort une boîte carrée en carton, de cette boîte en carton, elle sort un papier de soie et de ce papier de soie, elle sort ce qui ressemble à la peau fossilisée d'un visage humain. Pas de surprise. Pas de geste parasite. Il remet une mèche blanche sur son front. Le masque a les yeux fermés, c'est un homme, bouche entrouverte, de grands lobes d'oreilles. La teinte générale a fini par s'estomper. Mais à peine.

— Rassurez-vous, c'est une réalisation en cire. Un faux visage si vous voulez.

Sur son visage à lui, la fixité. Sous son visage à lui, le tumulte. Il les croyait détruits, les masques. Et l'un d'eux surgit, sans prévenir, entre les mains de cette inconnue, de cette commerçante du passé. Alors ils ont trouvé preneur ? Comment ? Où ? Pourquoi n'ont-ils pas été conservés à la gendarmerie ? Qui peut bien vouloir de cela chez soi ? Sans la traduction ? Il voudrait lui dire, à cette commissaire-priseuse, l'indécence de lui brandir sous le nez les vestiges. Mais il n'a pas la force. Tout entier à se contenir, à se maintenir en surface, à l'époque du aujourd'hui, maintenant, hors de l'eau, sans plonger dans les affres des corps anciens et meurtris. Sans se laisser torturer par la culpabilité.

Elle précise. Elle précise toujours tout.

— C'est une réalisation d'une grande qualité, la cire en elle-même mais aussi les détails. La précision et le soin accordés aux détails. Il y en a douze comme ça, douze masques. C'est troublant de vérité, vous ne trouvez pas ?

— Oui.

— Derrière, il y a une inscription.

Elle souligne du doigt. Au verso du visage.

Sanatorium de S., Scala, plateau d'Assy.

— Je suis montée au sanatorium de S., il est abandonné. En tout cas, ça y ressemble.

— Comme beaucoup de choses ici. Je ne m'attendais plus, à mon âge, à disserter sur les fantômes.

Il se murmure à lui-même, comme on invoque un esprit ou qu'on perd la tête. Elle ne sait pas encore si elle doit s'inquiéter. Il doit avoir plus de quatre-vingts ans, au moins. Il dit, d'une voix plus ferme, mélange de sursaut et d'éruption :

— De toute manière je n'ai pas toutes les pièces du puzzle. Alors vous verrez bien. J'ai appris, comme d'autres, à être avec tous les manques autour. Les vides. Les à-côtés. Les scènes sans spectateurs.

Il a appris surtout à ne pas raconter. Et d'abord à l'inconnue qui passe. Le souvenir ne se négocie pas, il ne s'offre pas à main levée dans une salle des ventes. Un marteau qui tombe sur une table. Du fond de sa mémoire un visage oublié. Et quelques autres encore. Un visage oublié et sa pudeur qui l'empêche de pleurer.

Janvier 1949

Au premier étage, les architectes du sanatorium de S. avaient eu l'idée un peu folle de composer une salle de spectacle. Un peu folle car c'était la plus grande du département, loin devant tout ce que l'on pouvait trouver à l'époque d'équivalent à Chamonix ou aux Contamines, sans même parler du village de Passy. En théorie, de quoi contenir plus de trois cents personnes. Théorique. Le sanatorium de S. n'a jamais accueilli plus de deux cent cinquante patients. Il y avait donc là une capacité supérieure à la population locale, privilège du très grand, apparat suprême sans doute. Sur un espace, réduit, entre les contreforts montagneux, il fallait de l'aplomb pour cultiver de quoi faire pousser en abondance et en trop-plein.

Cette salle élancée épousait la longueur du bâtiment, soutenue par de grandes arcades façon marbre et des carreaux de ciment travaillés façon baroque et pompeux, éclairages en arabesques aux teintes vertes et dorées. D'un côté, des portes recouvertes de pourpre et percées d'une ouverture ronde à hauteur d'homme comme on en trouve dans les théâtres parisiens. De l'autre, des fenêtres immenses, toujours de même logique, plein phare sur le grand bleu quand bleu il y a. Si bien que des rideaux rouges ne tombaient pas seulement devant la scène, mais aussi de part et d'autre de ces saignées lumineuses pour garantir une obscurité suffisante le temps venu. Pour des projections de cinéma, ce qui arrivait parfois, *La Bataille du rail* fit sensation, de manière très exceptionnelle. Pour des pièces de théâtre, du Cocteau, du Genet, du pointu, du Shakespeare aussi, à condition de trouver des troupes prêtes à monter et à se mêler aux contagieux. Vivre grand train jusque dans les délices du soir où chacun s'habillait avec l'élégance de circonstance.

Là-haut, on sortait, mondains, au premier étage, inutile de se déplacer à l'autre bout de la ville. Là-haut, on paradait en quelques marches, mais Marcel n'avait que très rarement l'autorisation du soir. Il a pu lui arriver de jeter discrètement un coup d'œil, caché dans un recoin derrière l'une des portes à œil-de-bœuf. Sans plus d'acharnement. Il assista une fois à la projection d'une comédie, *Pas si bête*, avec Bourvil, il a ri, commenté beaucoup. Ignorant au passage que pour ce plaisir, prix fort, comme au restaurant, payer plus. Scala passait toujours par là. À sa charge, les loisirs, la distraction. Ou la peur. La crainte, oui, quand se présenta le cirque des frères Achille, les rois du cirque disait l'affiche placardée dans le magistral hall d'entrée auquel ne manquait que le groom pour une illusion totale de grand hôtel. Un cirque. Après tout.

La représentation était programmée pour le milieu d'après-midi, juste après la cure de silence imposée à tous, juste après la vacuité. Les frères Achille, compte tenu des lieux, avaient revu à la baisse leurs ambitions, le médecin-chef ayant fixé quelques limites. Notamment sur les éléphants. Mais il y eut, pendant près d'une heure, des chiens et des singes, jouant à se courir après. Une mule dite « récalcitrante » d'un goût exquis et dont Marcel salua la bêtise avec éclat, d'autant plus volontiers que sa voisine lui glissa à l'oreille :

— C'est tout de même très grossier cet animal et ce qu'ils en font.

— Oui, très.

Dans la réponse de Marcel entrait cette certitude que plus un adulte trouvait un événement grossier et plus il méritait d'être salué. Les occasions ne manquent jamais. La grossièreté vaut garantie. Pour un peu, Marcel aurait pu hurler à la vulgarité dans la joie. L'odeur d'une mule, récalcitrante ou non, le piment, l'acidité de la bousculade. Quel fou rire. Marcel est agité, rigolard, l'ivresse du ridicule vaut toutes les péripéties. En compagnie de Scala il s'amuse, avec Valentine il sourit de tendresse, là il s'esclaffe. Le délice. La promesse inattendue à la marge. Aurait-il pu s'amuser autant ailleurs ? Inavouable paradoxe ? Aurait-il pu aimer sans être là-haut ? Dans cette bascule de la maladie chanceuse ? Est-ce possible ?

Scala avait fait mine de ne pas s'intéresser à ce spectacle et, officiellement, n'avait pas acheté de place. Entré au dernier moment, il regardait depuis le dernier rang Marcel tousser parfois à trop rire. Dans cette concordance complexe que chacun connaît sur cette île. Rire et tousser. L'éternel mélange. Qu'un garçon de quinze ans, arraché à son quotidien, découvre ce qu'il n'aurait jamais découvert sans cela. Fallait-il s'en réjouir ? Scala ne se prenait pas pour ce qu'il n'était pas, surtout pas, surtout pas le père, la substitution, il en aurait vomi de honte, que faire d'un statut pas à lui, que faire de la parenté ? L'ennui d'ici devait pourtant servir, servir à accélérer le vécu, le plaisir s'il peut se nicher dans les interstices, la soif aussi, puisqu'il n'était pas dupe des tracas du cœur du gamin. Mais il ne l'appelait jamais ainsi, pas devant lui, le gamin.

Les frères Achille disposaient d'une assistante. Silencieuse. Plus pratique le silence, pour une assistante. Elle fit le tour de la salle d'un pas léger, ne posant pas les talons au sol, elle portait une robe pailletée moulante et un maquillage marqué autour des yeux. Elle fermait les rideaux épais aux fenêtres. La pénombre se fit, dans des reflets dorés bousculés par un grand spot installé sur la scène et tourné vers un panneau de bois.

— Lanceur de couteaux sur cible humaine.

Les frères Achille maniaient les subtilités du dressage plus adroitement que la langue française. Sobres dans l'expression. Ampoulés dans la mise en scène. Le petit orchestre, tambour et trompette, fit monter la cadence. Et l'assistante fit ce pour quoi elle était payée, sans doute mal : s'installer devant le panneau de bois, ne plus bouger, se taire et sourire. L'un des frères prit ses distances. L'histoire retiendra qu'il était le mari de l'assistante. Affaire de famille. Longues lames à la main.

— Non, non, non…

Dans un murmure, Marcel. Et clac, clac, clac. Pour chaque non, un couteau planté dans le bois. Plus vite, couteaux plus grands, la folie d'un cran supplémentaire à chaque fois. Les yeux immenses de Marcel, avancé sur sa chaise, effrayé. Le sourire de l'assistante dont il cherche à capter le regard, à laquelle il a l'envie suprême de dire de fuir, de ne pas rester là, qu'il faut trouver un métier moins dangereux, institutrice par exemple. Les yeux immenses de Marcel, avancé sur sa chaise, excité. L'impossible aveu du jeu, de la mort, celle qui tourne autour, comme pour lui au fond, cette mort qui rôde, pour un geste de travers, qui vient se saisir de ce qui ne lui appartient pas, la vie n'est jamais plus belle que dans cette fragilité d'un bras tendu.

Le frère Achille décide de se bander les yeux, il a à la main cette fois des lames courbes. L'interstice refermé soudain. Il n'y a plus à choisir. Marcel, sur sa chaise, effrayé. Et clac, clac…

Il se lève d'un bond. C'est intenable. Barbare.

— Assis !

Derrière lui, on s'indigne. Clac. Il a rouvert l'interstice, il a dévié la lame, le silence rompu, le lanceur déconcentré, l'ovation pourtant. L'ovation. L'assistante salue, les frères Achille avec. Depuis son premier rang, Marcel voit la robe coupée à hauteur de la cuisse et le sang qui perle aux pieds de cette femme tout sourire encore, le sang en minuscules gouttes. Elle enlace son mari, le lanceur, le coupable, elle tourne autour de lui pour saluer, il l'étreint.

Beau comme de défier l'insoutenable. Est-ce un miracle ? Si Valentine voyait. Le sang qui goutte, toujours. Où qu'il soit, ce rouge en perle fine et gluante, sur son chemin, ce qu'il sème. Mais les gouttes, à lui, ne montrent pas le chemin du retour. Il a envie de voir Valentine. Il a, dans un instant aussi sauvage que le spectacle, envie de Valentine. Pour la première fois, en plein jour, en pleine conscience. Il ne voit pas Scala devant lequel il passe. Il va s'enfermer. Refermer l'interstice, vite, non, non, non.

Lettre de Marcel à Andrea

Andrea,

On peut pas dire que tu t'épuises à répondre. Tu fais ton rapiat.

On parlait jamais des filles, avant, toi et moi. Ou alors par moqueries, alors que c'est du vertige quand ça veut bien, plus fort que le mont Blanc que je peux plus voir à force de l'avoir sous le pif. Tu me diras on parlait pas beaucoup plus de mon père, c'est étrange, je pense beaucoup à lui depuis que je suis ici, j'ai eu comme une lumière qui s'allume au plafond, tu vois.

La fille, c'est toujours la même, si tu te demandes, mais tu demandes pas. J'ai pas dit que je suis dans de l'amour mais elle a cette manière de regarder les choses, tout autour, qui regarde pas comme quand on s'intéresse à moitié. C'est de la sincérité. Je me sens plein.

La différence c'est aussi pas que dans la tête, c'est le corps. J'entre pas dans le détail, ça va bien, on se comprend. Je voudrais juste poser les lèvres sur un coin de sa peau, une seconde, ah je dirais pas non. Elle doit avoir le goût de quelque chose, tu t'es jamais demandé le goût d'une femme ? Après elle est quand même plus âgée. Je te raconte pas si je le dis à ma mère. Elle m'arrache la langue peut-être.

Salut.

Marcel

Janvier 1949

Valentine n'insiste pas. Quand Scala joue les forts en thème d'occupation, elle méprise cette débauche. Elle trace avec Marcel un autre sillon, à la fois bien volontiers et bien malgré elle.

Quand Scala mène son jeune partenaire à droite à gauche, profitant du léger regain de forme de l'adolescent et d'un règlement de plus en plus permissif, elle se contente d'un huis clos. Un poêle de fonte, une bouche de feu élégante, forgée, pour rendre la crypte supportable. Pas au-delà. Supportable, c'est déjà bien.

Marcel s'assoit, il aide, il propose, il observe. À l'exception de cette fois, dans la chambre, l'épisode de la main, il n'a toujours vu Valentine qu'emmitouflée. Fine ou ronde, il se souvient de copains faisant des commentaires à la Croix-Rousse sur les largeurs des filles comme d'un critère absolu. Il regarde la nuque de Valentine. Il suffoque. Les cheveux qu'elle porte toujours relevés. Dans des associations d'idées tumultueuses. Il pense au pont en contrebas. Il pense au pont en contrebas. Il pense au pont en contrebas. Il suffoque. Il s'efforce de ne pas y penser trop fort de peur d'être entendu par Notre-Dame des Neiges. Encore inachevée, ça ne veut pas dire que ses pouvoirs ne sont pas déjà pénétrants.

— Ça n'avance pas vite.

La conversation déboule de partout à la fois.

— C'est vrai, je prends mon temps, c'est un effort de perfectionnement. C'est une habitude que j'ai cultivée après la guerre, prendre le temps de pouvoir faire les choses, ne pas être obligée de se précipiter. C'est bien aussi.

— Ici, tu es servie au niveau du temps à disposition.

— C'est difficile à admettre, mais c'est une chance le temps.

— Moi je me demande si tu n'as pas peur de finir.

Elle sourit. Le coin gauche de sa bouche se redresse, de ces sourires méfiants de toute précipitation.

— D'accord, Télémaque.

— Quoi ?

— Tu me prends pour Pénélope qui ne veut pas finir sa broderie, c'est très bien observé mais ça n'a rien à voir.

— Je comprends rien du tout.

— Pénélope, Ulysse, mon Dieu, fais un effort.

— Oui, oui, pardon, oui, oui… enfin, c'est pas si faux ce que je dis.

— Pas si faux, pas si vrai. Tout est là, dans cette place autour, l'espace le plus intéressant, juste entre le pas si faux, le pas si vrai.

Valentine ne peut pas concéder à Marcel l'évidence de sa superstition, et si sa sœur venait à céder face à la maladie à l'instant où elle portait sur le mur une dernière touche de couleur ? Elle retarde, elle rechigne à avancer trop vite, elle recouvre sans trêve, ce qui passait pour abouti. Mais le reconnaître ici, c'est un acte de rébellion à sa foi. Impossible. Comme pour Marcel. Impossible. Le garçon de sa finesse lui pique le cœur. Elle l'appelle le garçon pour le maintenir où il est, sans un pas de plus qu'elle ne veut pas. Ses cheveux, à lui, ont poussé, longs derrière les oreilles, il les coince, il a le regard noir, le dos cambré, penché sur un côté depuis les infiltrations, un menton saillant, elle l'observe sans un pas de plus qu'elle ne veut pas. Cela aussi, c'est un acte de rébellion à sa foi.

— Soit c'est vrai soit c'est faux.

— Il doit exister je suppose, mon garçon, des passages au milieu.

— Je n'aime pas que tu m'appelles mon garçon.

— Alors, Marcel, il doit exister des passages au milieu.

Elle n'est pas dupe de ses manières qu'il affine.

— Par exemple, mon père, il est vivant ou il est mort. Pas au milieu. Et Louise doit le savoir.

— Pourquoi veux-tu à ce point qu'elle le sache, peut-être l'ignore-t-elle ? Ou alors elle n'a rien à en dire.

— Trop facile.

— Parles-en avec elle. Elle te dira ce qu'elle sait.

— Non, elle ne parle pas de cela. Tu sais, il y a des choses dans la vie, des choses importantes, je veux dire, avec des trous partout. Je me rends compte qu'on peut en parler avec tout le monde sauf ceux qui ont les réponses. Et on grandit avec des commentaires de tout le monde sur ce sujet et pas un mot de ceux qui savent. Depuis que je suis ici, j'ai parlé de mon père avec le médecin-chef, avec des inconnus à mon arrivée, avec toi évidemment, avec Scala, dix fois plus que de toute ma vie avec ma mère. Ça n'a pas de sens. Et ça ne me sert à rien.

Il s'est levé en parlant, il touche du doigt une peinture pour s'assurer qu'elle est sèche, pour observer si elle laisse sur son doigt une trace, comme à la Croix-Rousse avec Andrea. La peinture est sèche.

Marcel aimerait pleurer doucement. Sans sanglots. Il aimerait pleurer et profiter de ce que cela pourrait ouvrir de portes douces de l'un vers l'autre, est-ce qu'on console un enfant comme un amant, il n'est plus l'un pas du tout l'autre. Il aimerait pleurer pour que tout aille mieux, soudain, sans prévenir, briser la zone.

— Je ne sais pas si je veux grandir dans les devinettes. Moi, les histoires, je les garde pour les livres, tu vois comme vous êtes, les adultes, à la moindre occasion tu me parles de mythologie et de ta Bible, et ma mère, de contes pour enfants. Mon histoire à moi, elle doit être tout écrite, sans espace pour s'inventer des trucs. Mais ça, plus on vieillit et plus j'ai le sentiment qu'on trouve sympa de laisser à celui qui suit des places pour s'inventer des trucs, justement. C'est pour les pignoufs.

Ils laissent le silence s'épaissir, de leurs respirations, ils se regardent. Elle n'esquisse pas un geste. Il voudrait trouver à dire. Il dérive, comme à chaque fois, pour combler ce qui le sépare du désir.

— L'avantage avec ton Dieu…

— … c'est le tien autant que le mien si cela peut te rassurer.

— Oui, enfin, peu importe. L'avantage avec ton Dieu, c'est qu'il est dans le même pétrin que moi, son père s'est bien fichu de lui et ça nous fait un point commun. C'est quoi ton point commun avec ton Dieu, toi ? Moi j'ai été abandonné comme lui.

— Abandonné ?

— Y a plein de noms pour ça mais on peut dire abandonné, ça peut.

— Il a été accueilli, c'est une nuance.

— En fait, je demande pas à être convaincu. Si je te dis ça, c'est parce que ça me travaille de chercher des points communs où je peux. Pourquoi tu me racontes pas une histoire sur mon père, puisque tu connais toutes ces histoires fausses ?

Marcel est assis sur l'un des bancs installés depuis peu.

— Tu pourrais trouver, non ?

— Une histoire ?

— Oui une histoire sur mon père. Au lieu de me réciter ton bouquin où tout est faux. Fais encore du faux avec du faux.

— Non.

— Non quoi ?

— Non je ne vais pas te raconter des inventions pour te faire plaisir.

— C'est ce que tu fais tous les jours avec les histoires de ta Bible. Tu peins quoi sur les murs ? Des mensonges.

Il subit l'une de ces pulsions, d'une haine secrète, de ne plus supporter le jeu des illusions et des impossibles. Un couteau. Le public. D'un rien dans la peau. En se redressant brutalement, il fait basculer le banc de bois, dans une tonalité sèche et sonore.

— Des anges, ça existe ? Alors invente-moi un truc qui mérite d'être cru, pas un couillon avec des ailes.

— Marcel, qu'est-ce qui te prend ? Tu deviens vulgaire.

Elle pointe son pinceau vers lui.

— Quand on ne sait plus quoi inventer, on dit d'un gamin comme moi qu'il est vulgaire. Mais je vais te dire, le silence, c'est la vulgarité, toutes ces merdes autour, c'est la vulgarité. C'est vous les vulgaires, et vous avec vos dégueulasseries.

Il se saisit d'un pot de peinture ouvert. Il s'élance, il va tout balancer au visage. Et puis non, il se retient, il se contient. En bordure du trop-plein. Il repose le pot. Il regarde Valentine. Ils ne disent rien. Il aurait aimé, oh comme il aurait aimé, qu'elle propose de le prendre dans ses bras. Même à la manière d'un enfant, il aurait pu jouer à faire l'enfant qui ne sait pas ce que le désir lui promet.

En repartant, il glisse sur la neige et manque de s'étendre de tout son long, ajoutant la honte recuite à la colère. Il crie dans la nuit tombante et sans même accrocher un regard, la neige boit sa colère et sirote ses émotions confuses, confondues.

Pire encore, il guérit. Il va mieux. Mais il dépérit à la fois. Qui comprendra ?

Valentine comprendra. Pour les mêmes raisons que lui. Pour les sentiments qui l'assaillent, le plaisir inavouable de le sentir là, silencieux ou bavard, selon le moment, cette présence derrière elle, quand elle travaille. Cet interdit, ce dont elle ne s'ouvrira jamais à personne et surtout pas à sa sœur, plus bigote encore que malade. Un homme serait déjà un malheur. Un adolescent, une malédiction. Valentine rongée de ce qu'elle refuse de nommer, amour ou autre chose, ou affection, ou tendresse. Oui elle rechigne à terminer la crypte, elle pourrait aller plus vite, bâcler sans doute, pour l'intérêt que chacun semble porter à son travail... mais elle traîne, elle lambine, elle recommence, elle ajoute des couches de peinture, des détails inutiles, en réalité, elle a fini, depuis un petit moment, elle pourrait partir, laisser sa sœur, faire des séjours à ses côtés et repartir encore. Mais elle ne peut pas. Elle ne parvient pas à s'arracher à la présence de ce garçon. Dans la démesure de ce qu'elle ressent.

Le voyant décamper, trébucher dans la neige, elle pourrait lui courir après, le rattraper, le tenir fort, contre elle, le réchauffer à sa confusion. Mais non. Parce que la crypte. La crypte la protège. Dans ce lieu pas encore sanctifié mais tout comme. Ici, il ne peut rien se passer, rien de trop. Elle se tiendra toujours sous le regard de ceux qui garnissent les murs, au milieu de ces prières qui ne sont pour l'instant que les siennes. Des prières pour demander souvent la paix, l'abandon des sentiments, la fin du vertige, de ce qui dévore le ventre. Sous ces ailes, les anges, les bras écartés de Notre-Dame des Neiges, elle ne commettra aucun impair, aucun pas de trop qui ne se fait pas. Elle se protégera d'elle-même, par dévotion, par croyance, par un autre amour que celui d'une femme pour un adolescent. Une tanière. Un refuge. Elle se vit comme une vestale, à veiller à son propre feu sacré, le sien et celui qu'elle promet aux autres par la même occasion. Valentine s'interdit. Et elle s'interdira. Le voir entre ces murs la protège et pour cela elle les vénère.

Alors pour se sauver, elle entreprend d'oser sur un autre terrain. Plus tout à fait le sien.

Février 1949

Louise venait de plus en plus rarement. Elle mettait toutes ses économies dans le sanatorium. L'intuition de Marcel était la bonne, mais pas au bon endroit. Elle s'était vexée de son préjugé, un homme forcément, là-derrière, pour payer ce qui était au-dessus de leurs habitudes, une histoire d'homme, comment pourrait-il en être autrement. Il y a toujours de la place pour la mère revêche, dure au mal, jamais pour la mère aimante et qui donne tout, jusqu'au moindre sou pour que son fils guérisse, que l'inquiétude finisse de la ronger, pour que l'avant reprenne toute sa place. Elle avait de quoi et cela suffisait, pour l'instant, et à condition que les soins ne s'éternisent pas, elle tenait encore, pour l'instant, comme on s'accroche, éperdument.

Le manque à vif, ce week-end de février par le train du vendredi soir et celui du lundi matin, elle étire tout ce qu'elle peut pour profiter de son fils. Mme Krassoff la loge pour trois fois rien. En échange de la conversation. Chez cette même Mme Krassoff, Valentine vient sonner, la nuit tombée, un soir, pour s'installer entre les deux femmes, à l'improviste. Avec sa jeunesse sincère.

À la porte, à l'entrée, la stupéfaction et Mme Krassoff s'écartent l'une et l'autre pour la laisser s'installer. Le silence d'abord. Louise en colère. Que veut-elle, celle-là ? L'artiste ! Celle dont Marcel ne parle pas assez pour être honnête. Une maman fabrique avec les silences d'un fils des volumes entiers, sur des étagères immenses qui montent jusqu'aux méfiances.

Valentine va vite à l'essentiel, sans trop de précautions. Sur la table de la cuisine, la discussion, des petits verres, un peu de vin rouge, Valentine disserte tant qu'elle peut, elle a refusé l'alcool au contraire de Louise et de Mme Krassoff, à l'ivresse de passage, comme quoi, une mère est humaine.

— Que nous vaut la visite, jeune femme ?

Mme Krassoff dégage la route.

— Je voudrais vous parler de Marcel et de ce qui le ronge le plus, Madame…

— Louise, je vous en prie. Pas de manières. Simplement, attention où vous mettez les pieds.

— J'en ai bien conscience. Et d'avance je m'excuse de mon impudence.

— Impudence ? Qu'est-ce que c'est que ça, Louise ?

Mme Krassoff encore. Elle n'entend pas s'effacer, on est dans sa cuisine après tout. Elle veut bien jouer les spectatrices, elle le veut même bien volontiers, simplement il faudra faire simple.

— Je dirais effronterie, qu'en dites-vous Valentine ?

L'hostilité n'est plus un mystère, soudain.

— Peut-être bien. Effrontée. Mais il faut nommer les choses. Marcel se tord le cerveau à guetter son père partout où il pourrait être, tout est prétexte. Le moindre nouvel arrivant au sanatorium est l'objet d'une spéculation. La dernière fois, il a cru reconnaître une canne semblable à celle que vous auriez chez vous. Deux cannes comparables, cela lui fait une journée entière. Parfois plus. Il est alors comme possédé. Je sais qu'il ne vous en dit rien. Mais ai-je, moi, le cœur à ne pas vous alerter ? Non. Je ne l'ai pas. Au nom de l'affection que j'ai pour ce garçon.

— C'est un enfant.

— Il a besoin de savoir.

— Je parle de l'affection. Ce n'est qu'un enfant.

— Moi, je vous parle d'où il vient, de ce qu'il est. Ce n'est plus un enfant.

D'un geste calme, Louise replace les boucles de ses cheveux. Elle se redresse sur sa chaise. Des mouvements délicats, fragiles. Elle voudrait hurler à la face de cette Valentine, lui griffer le visage, avec la férocité qu'elle ne mérite pas mais pour dire tout fort ce qui n'est qu'à elle et à personne d'autre, pas même à son fils.

— Alors que faire ?

— Lui dire, lui raconter, Louise. Il ne peut pas courir toute sa vie après un fantôme.

— Que croyez-vous, Mademoiselle…

— Valenti…

— Je sais mais, moi, je vous appelle, Mademoiselle. À l'ancienne. Comme je suis. À l'ancienne.

Le huis clos pèse sur les épaules de ces femmes, à l'étroit autour de la table de la petite cuisine. Mme Krassoff propose d'aérer, personne ne lui répond. Elle n'insiste pas, spectatrice.

— Vous arrivez avec votre jeunesse et vos doigts tout sales de peinture et vous croyez que je vais soudain livrer ce que je n'ai jamais raconté. De quel droit ? Selon quelle règle ? Parce que mon fils vous jette des regards comme on jette des regards sur la première venue.

— Louise. Allons.

Mme Krassoff ne peut pas s'empêcher. La méchanceté lui tourne la tête et elle aime trop

Louise pour ne pas savoir qu'elle compose un morceau qui n'est pas à elle.

— Oui, je suis dure. Dure pour deux. Depuis toujours. Une femme seule avec un enfant, c'est dur pour deux. Sans un geste, sans un secours, même pendant la guerre, sauf de la part des sangsues qui veulent manger à même le corps sans autre forme de promesses. Je suis dure, Mademoiselle. Surtout depuis que le sort a choisi de dévorer aussi mon fils avec la maladie. N'est-ce pas qu'il serait bon de partager les malheurs, avec une part pour chacun, alléger pour les uns, charger pour les autres ? Ah la belle naïveté, n'est-ce pas ? C'est ce que vous vous dites.

— Pas du tout, je mesure votre inquiétude.

— Vous ne mesurez pas le désespoir et la peur de perdre ce garçon que j'aime sans même être capable de le lui dire comme il faut, qu'il est tout pour moi. Je paye. Je paye.

Elle frappe du plat de la main sur la table. À tout faire sursauter, même les verres.

— Ça oui, je paye pour qu'il guérisse mais je voudrais prendre une mèche de ses cheveux et l'entourer autour de mon doigt comme quand il était petit. Maintenant, il se dégagerait et pousserait un soupir. Nous sommes tous le contagieux de quelqu'un. Je me dis parfois que j'ai contaminé mon fils, dès la naissance, être mal né, c'est une dégénérescence peut-être.

Louise s'épuise, elle parle, sans le vouloir, à cette jeune femme qu'elle ne parvient pas à détester parce qu'elle n'a aucune raison valable pour cela, au contraire, même. Hors du sol et du temps, dans l'apesanteur des montagnes, dans la gloire au soleil au repos à cette heure tardive, elle baisse la garde avec lenteur. Sa fatigue aussi de tenir ce combat pour son fils, l'argent qui fuit, elle sait qu'elle ne pourra pas payer indéfiniment, qu'il faut qu'il guérisse, qu'il le faut pour lui évidemment et pour les finances, mais que jamais personne ne calcule de la sorte. Elle sent la tendresse, Mme Krassoff, l'inespérée, l'amie tombée du désir de s'offrir des ongles doux. Elle voit comme elle la regarde, avec un sourire sur les lèvres, si léger, si joli, le sourire qui n'oblige à rien sinon à faire ce qu'elle choisit, à cet instant, immense et minuscule, une fois dans une vie et dans une cuisine exiguë. Toutes les trois. Rien que toutes les trois. Sans qu'on sache bien pourquoi. C'est une histoire de femmes. Valentine ose un pas.

— Est-il le fruit d'un malheur ?

Louise se délie. Les yeux, des perles.

— Comme vous y allez, Valentine. Non il n'est pas le fruit d'un malheur. Le malheur n'est pas le seul repère et heureusement, la joie n'est pas interdite, le plaisir non plus. Le désir. Vous connaissez le désir ?

Mme Krassoff boit une gorgée de vin. Valentine ne répond pas.

— Plus encore que le désir, l'appétit. Sous mes petits airs d'institutrice, figurez-vous que je me suis piquée de politique et de communisme. Voyez le chemin parcouru, j'offre à mon fils désormais ce qu'il y a de plus luxueux. Mais on ne fait pas de politique sur le dos de ses enfants, surtout en mère célibataire. Communiste, et fière de l'être. Cela m'a coûté ma famille, celle du sang, mes parents. Les petits commerçants n'ont pas le goût des folies, ils m'ont mise dehors, avec bon cœur et bonne conscience. Je suis un peu sévère mais la réalité n'est pas si loin. Ma mère m'a donné un petit pécule que j'ai mis de côté. Et c'est avec cela que je paye ce sanatorium. Voyez, quand j'entends Marcel s'imaginer qu'un père imaginaire se charge de tout, j'enrage. Et pour supporter le renvoi, si vous me permettez l'expression, je me suis engagée à cœur perdu dans les actions du PCF, d'abord à Vénissieux, puis à Lyon. Il y avait là ce garçon, de même valeur que moi, de même espoir, il venait de Paris, au nom du parti, nous enseigner les bonnes pratiques, prêcher la bonne parole de Maurice Thorez et nous apprendre à rédiger des tracts. Il y avait chez lui une merveille d'entêtement et de volonté. Et figurez-vous que cela me plaît, l'entêtement. Il était de passage. Et le passage, cela suffit à faire s'enivrer n'importe qui, surtout une jeune femme déracinée et déterminée. J'ai passé trois nuits dans son lit, et encore, pas d'affilée. Vous voulez des détails ? Trois nuits. De ferveur camarade. Ce fut délicieux, je ne saurais dire autre chose que cela. Ce fut merveilleux. Il est reparti et je suis devenue mère quelques mois plus tard. Mes lettres ont-elles jamais atteint leur but ? Le désir me jouait des tours. À seulement vingt et un ans. Tout est là, tout est dit.

Un bref silence.

— Et si Marcel a envie de le retrouver ?

— Il est trop tard. Il est mort au début de la guerre.

— Parmi les résistants ?

— Pourquoi cela change quelque chose ? Quelle étrange question. Eh bien même pas. Il a été tué dans une rixe, en tout cas c'est ce que j'ai lu, pour un motif dérisoire, peut-être crapuleux si vous voulez tout savoir. Je n'abandonnais pas l'idée de le retrouver un jour, de poursuivre avec lui ce que nous avions simplement esquissé. C'est une histoire banale et triste à la fois, mais surtout banale.

— Et pourquoi refuser cette histoire à Marcel ?

— Parce que la vérité se dit toute entière. Sans petits arrangements. Ou alors elle ne se dit pas. Et on ne raconte pas à un enfant qu'il est né d'un désir de corps, pas d'un désir de cœur. Par choix, par envie. Un point c'est tout. Sans fausse détresse. Trois nuits qui n'appartiennent qu'à moi et dont je cultive le souvenir en élevant mon fils à ma façon, comme je l'entends, avec le même souffle passé à aimer un homme. Follement. Qu'on me reproche mon silence ? Je n'ai pas de comptes à rendre. Je sais, oui. Tout mieux que personne. Je sais l'emballement soudain, je sais le vertige de la main d'un autre, endormi contre moi et sitôt disparu. Je sais ce que j'ai pris et dévoré. À pleines dents. Et je ne m'en repends pas. Car cela fut merveilleux. Regardez-moi, entendez-moi, merveilleux. Beau et bon à la fois. Charnel. Sans autre souci que le plaisir pour mon plaisir. Et il faudrait que je m'en excuse ou que je raconte ? À un enfant ? Je m'y refuse. Par souci de décence. Ce fut sans mensonge. Sans illusions même si j'ai été triste après ça, son départ, comme on pense à ce qui aurait pu. C'est bien normal, cette tristesse. Ce n'est pas grave et indigne. C'est ainsi. Et chaque jour qu'il me sera donné de contempler mon fils naît de cela, de cette passion courte, chaque jour sera un jour béni. Mon silence, c'est le point de départ. Sans passé à dominer. Cela m'apparaît plus simple. Comment dire à Marcel que, ce faisant, je le protège ? Qui peut comprendre ? Le désir ne s'avoue pas à un enfant, ce n'est pas pour lui. Je voudrais que mon fils guérisse et j'aimerais qu'il apprenne à vivre avec les fantômes. Il le faudra. J'aimerais qu'il accepte d'être né de moi et de mon amour, sans rien d'autre autour. Viendra le jour où je lui raconterai, quand il sera en âge. Ou peut-être pas. Peut-être me taire pour toujours, après tout.

Juin 2018

C'est un désordre, sauf la cuisine.

Sinon c'est un désordre.

Les chats partout, en balade. Au moins trois, peut-être quatre, il y a un doute, avec les similitudes entre des tigrés touffus, ils pourraient bien n'être qu'un.

Beaucoup de livres, une section médecine, le symbole d'un caducée découpé dans un magazine et collé sur la tranche d'une étagère, c'est le seul, l'idée abandonnée ou les autres repères décollés depuis longtemps. Quand ils n'ont pas trouvé une place dans la bibliothèque, les ouvrages s'accumulent, en piles, où ils peuvent.

L'odeur d'une pipe ajoute à l'épaisseur. Il faut s'habituer, au début, ça prend au nez, fermement. Et puis l'impression passe sans se dissiper pour autant. Il pense parfois qu'il sent quelque chose et se rassure parce que tout le monde a son odeur et tant pis pour ceux qui s'en offusquent.

Elle s'appelle Inès, la commissaire-priseuse, et elle tient ses jambes serrées l'une contre l'autre. Il faudrait voir à ne rien bousculer ou à ne pas se froisser, il se dit qu'il est méchant de la réduire à une attitude, qu'elle n'est peut-être pas à l'aise et que c'est un droit, de ne pas se sentir dans son élément.

— Ce Scala, vous le connaissiez ?

— Aussi bien que possible.

Pire que tout, ce n'est pas la disparition. Le pire, il dirait que c'est quand tout est encore là, tout autour, les atours, les beautés, les murs, les balcons, la carcasse mais que plus rien n'y respire. Le pire c'est être là et ne plus être regardé.

— Vous savez ce que j'ai fait longtemps ? Enfin, longtemps… entendons-nous sinon vous allez me prendre pour un dément.

— Qu'est-ce que vous avez fait ?

— J'ai mis des vers dans une boîte, des petits asticots – je me faisais livrer par correspondance, j'ai été pêcheur en mon temps – et je mesurais combien de temps leur était nécessaire pour dépiauter une orange ou un morceau de viande. J'ai trouvé cela fascinant, et puis l'envie m'a passé.

— Pourquoi est-ce que vous me racontez ça, Monsieur ?

Il sent poindre l'angoisse, elle le fixe pourtant avec intensité. Elle n'a pas peur, et c'est tant mieux.

— Je ne sais pas, enfin, si je sais. Vous arrivez avec un nom qui fait ligne droite vers le passé alors que tout tient dans les méandres. Et l'esprit d'escalier me fait passer par une boîte et des asticots.

Il a raison sur un point, elle n'est pas certaine de vouloir y passer l'après-midi, parce que tout presse toujours un peu. L'urgence de partir, pour être ailleurs, se sentir mieux, avoir mieux à faire, il y a bien une raison. Il y a toujours une raison, il se dit qu'elle rêve d'une réponse et de rouler loin. Pourtant, il continue. Elle saura l'interrompre.

— J'aurais aimé, parfois, que des asticots dévorent les sanatoriums, avec le sentiment que, oui, vraiment, enfin, tout se transforme, mais l'homme n'a pas la mentalité d'un asticot, il préfère laisser pourrir sur pièce. Les sanatoriums ne sont pas abandonnés, ils sont laissés à pourrir. Je suis comme eux sauf que moi, je ne suis pas œuvre collective, je suis d'œuvre solitaire.

Il montre du doigt le lourd rideau de fer qui sert de volet et recouvre l'immense baie vitrée, il est baissé.

— Je ne l'ouvre plus. La lumière, je la connais. Mais de chez moi, on voit le sanatorium de S. et je ne supporte plus de l'apercevoir même d'un coin de l'œil alors je fais comme eux avec lui, je m'enferme. On ne peut plus y entrer au sanatorium, dans celui-là comme dans plusieurs autres. Il y a des gardiens qui se relaient, des caméras qui déclenchent des alarmes, des plaques de fer qui enserrent le bâtiment jusqu'à deux mètres de haut, des débris partout, des tags, des gens qui se filment en expédition la nuit pour frémir aux fantômes, et une machine qui se meurt. J'entends sa respiration lente, je colle mon oreille sur sa démesure, j'y porte la main et je devine les élans, les ratés, le cœur percé, c'est la malédiction, personne ne pourra l'achever, c'est un souffle, une perforation, c'est la vie qui s'échappe et aucun cataplasme, aucune opération, rien n'y fera remède. Je rêve d'un cataclysme, la une des journaux, le grand saut. Si je m'écoutais, je le ferais sauter, dans une pluie d'étoiles, je laisserais frémir jusqu'au bout de la vallée, au bout du souvenir, les éclats de notre acharnement.

— Votre acharnement ?

— Oui, le mien et celui des autres avant moi. J'ai été médecin, médecin-chef de ce sanatorium et je suis tombé, superflu, on dira que je me suis reconverti. Nous n'avions plus de malades. Plus il y avait de malades et plus les lieux resplendissaient. La courbe s'est retournée, le monde, un peu effondré tout autour. Mais ça, vous le savez sans doute, n'est-ce pas ?

— Je sais qu'il n'y a plus de tuberculeux, si c'est ce que vous me dites.

C'est ce qu'il dit, oui. Plus de tuberculeux, en tout cas plus comme avant, plus autant. Il voudrait lui demander si en montant, par la route, elle a cherché un monument, une trace, une marque de quelque chose, un hommage à ces tuberculeux. Il dit souvent que le moindre pianiste de mauvaise mine a droit à sa plaque sur le mur d'un immeuble, « ici a vécu un tel… ». Quand il était encore en âge de passer par les rues, il lisait toujours ces plaques, à voix haute, parce qu'il faut bien nourrir le monde de ces noms grands ou petits, que ce sont les images qui refont surface, les âmes auxquelles on donne encore le temps de battre. En montant, par la route, elle n'a pas pu trouver un monument, une trace, une marque de quelque chose, il n'y en a pas et elle n'a pas cherché.

En réalité, il y a une plaque de marbre, une seule, au nom des tuberculeux d'avant, qui saluent la mémoire de quatre résistants tués par les nazis. Mais pour les tuberculeux, rien. Pour leur combat, rien. Pour leurs abandons, rien. Pour leurs espoirs, rien. Pour leur guérison, rien. Pour ceux qui se sont battus pour et contre, rien. Aucun arc de triomphe, aucune trace.

— Vous me direz, s'il fallait donner les noms de chacun, à chaque passage, cela prendrait un moment. Mais comme le monument n'existe pas, c'est réglé.

— Pardon ?

Il ne s'était pas aperçu, les yeux fermés, qu'il divaguait en lui-même.

— Que voulez-vous, je m'égare. Nommons à voix haute comme vous le faites. Scala. Scala. Et je garde pour moi ce que ma mémoire promet de tirer à elle. Scala, donc, chère Inès. Je ne vous ai même pas demandé si je peux vous appeler par votre prénom ?

— Je vous en prie, Monsieur.

— Je peux vous demander une faveur ?

— Oui.

— Appelez-moi par mon prénom en retour. Ici, depuis le temps, je ne suis que le docteur Velti. C'est un peu réducteur car en réalité on est toujours plus qu'un nom et de vous voir arriver avec mon passé dans un sac, j'ai le goût de mon prénom qui me revient à la bouche. Alors si vous voulez bien, pour vous, je suis Andrea. Andrea, c'est d'accord ?

Mai 1970

Prendre racine. Si l'expression tenait un sens littéral quelque part, en des volumes et des angles précis, c'était ici. Chambre 34. Deuxième étage. Dans l'amoncellement propre et ordonné malgré tout. Dans les palettes de peinture, dans les chutes de matière, les scalpels, les pinceaux, dans l'inutilisé conservé au cas où, dans l'odeur imprégnant objets et moulures. Dans le pastel des murs si délavés qu'ils en tournaient blanc livide.

Scala toujours en poste.

Voûté, soixante-sept ans, très voûté, étonnamment, occupé à porter son éternel châle sur le dos, à traîner son éternel châle dont on ne saurait dire s'il n'avait pas fini par se solidifier selon les formes de son dos et de ses épaules. Il ne prenait ses repas que dans sa chambre ce qui ne manquait pas de poser un problème. Le sanatorium se vidant de ses malades à vitesse de vaccination et d'antibiotiques, il avait été nécessaire de licencier. Ce petit luxe de rien devenait intenable. Ce sont ces détails, un plateau à monter sur un chariot roulant, qui font la décrépitude, la noblesse abandonnée.

— Alors, c'est donc fini ? Je peux payer, vous le savez très bien.

— Ce n'est pas le sujet, Scala. Pas pour vous, mais pour moi, oui. Vous n'étiez pas un secret pour grand monde, mais vous êtes tout de même une anomalie sur un listing.

— Ça, je le sais depuis longtemps. J'étais déjà une anomalie dans un arbre généalogique, donc sur un listing je ne m'en étonne guère.

Tallier était un obsessionnel, un fanatique de la fouille. Il aurait fait un archéologue de talent. Sauf qu'il préférait fouiner à la surface du monde vivant et il avait trouvé la faille et la pression. Une donnée chaotique. Vingt-cinq ans de présence pour un seul et même malade, fût-il très malade ou très désorienté, défi aux lois de la santé. Pour son coup de grâce, il n'avait pas fait le déplacement, simplement saisi son téléphone gris, mural, long cordon déroulé jusqu'à son fauteuil, élocution encombrée par son porte-cigarette éteint :

— Ce Scala, docteur Velti, il est mort et vous avez oublié de le rayer des listes ou c'est autre chose ?

Le mystère de Scala, c'est que personne ne sait s'il fut jamais tuberculeux. Il arriva à Passy sur les recommandations insistantes d'un médecin parisien, il y eut du très cher confrère, le constat d'une pointe côté droit, sans toux mais avec un état dépressif avancé. L'argent aidant, il resta à Passy un quart de siècle et, dans sa grande chambre du sanatorium de S., la même durée. Un exploit. Lui non plus n'était jamais redescendu, s'amusant de la compagnie des mal-aimés ou considérés comme tels. Il avait goûté de cette vie de côté, dans une énergie et une débauche hors du monde. Si obsédé à l'idée de tenir cette société qu'il en finançait une partie, mettant la main à la poche pour remplir celle des autres, de ceux qui parfois ne parvenaient plus à s'offrir ces cures de repos aux accents luxueux, même si d'une ostentation pâlichonne. Mais il voyait la fissure s'élargir, les pestiférés moins farouches au rejet, plus conciliants avec l'isolement, pas mécontents parfois de prendre le large, de quitter la grande ville, ils ne risquaient plus leur vie, ils étaient en villégiature :

— Ils viennent en vagabonds, ces gens-là. Ce sont des noceurs, docteur, ils trafiquent l'âme des lieux.

Il fut convenu qu'il aurait quatre mois pour partir. Le temps de l'été pour s'y préparer.

Extrait du compte rendu d'une réunion
à la préfecture de Haute-Savoie,
24 septembre 1970 :

« L'Assemblée, réunie ce jour, s'efforce de mener au mieux les opérations de rénovation du plateau d'Assy. Pour un maintien de l'agrément, il est demandé que le prix de la journée ne dépasse pas les 30 francs, montant le plus élevé du département. »

Juin 2018

Il a raconté, par le menu.

Ce qu'il savait, par le menu. Pas tout. C'est toujours incomplet, la vie d'un autre vu par un autre.

— J'ai aimé cet homme, vous savez. Pas d'amour, attention, n'allez pas vous faire des idées, que je n'apparaisse pas pour l'amant décharné. J'ai aimé cet homme, c'est tout. Avec l'affection que l'on chérit de trouver une fois. Il est arrivé avant moi, il est parti avant moi.

— Et la cire alors ? Et les masques ?

La cire alors ?

Qu'en savait-il ? Au fond. De cette obsession, un peu ridicule, de vouloir sans relâche mouler le réel. Les fruits, d'abord, à une époque qu'il n'a pas connue, les objets, ensuite, et puis le corps, sans jamais y avoir pensé auparavant, mouler le corps des autres, par morceaux, comme pour constituer au bout du compte la marque parfaite de l'homme, de l'humain.

— C'était un savant fou, c'est comme cela que vous diriez ?

— Prenez ce masque que vous avez emporté et regardez-le.

Inès s'en saisit et le tient à bout de bras.

— Vous l'avez dit vous-même en arrivant…

— Oui ?

— Les détails.

— Oui, en effet, c'est riche en détails, on dirait même que ce sont de vrais cheveux notamment.

— Mais ce sont de vrais cheveux qu'il récupérait chez le coiffeur du sanatorium. Ce que je veux vous dire, c'est qu'il ne cherchait pas l'expérience ou la trouvaille maléfique. Il racontait le vrai, l'unique, dans la laideur d'un nez ou dans la tendresse d'un lobe d'oreille, tel quel.

Ensuite il a expliqué son idée, ses adieux, à ceux que personne ne réclamait vraiment la mort venue. Cette manière qu'il avait de s'enfermer avec eux dans la chambre mortuaire en mettant la musique, avec force.

— Sur la route en descendant, vous le trouverez au cimetière de Passy sous un cœur de céramique.

— C'est-à-dire ?

— C'est tout ce qu'il a voulu, un simple cœur de céramique et des bordures tout ce qu'il y a de plus élémentaires. Pour le fantasque qu'il était, ce n'était pas sans contraste. Pour le généreux qu'il était, j'espère qu'il n'a pas vu que nous n'étions que quatre à son enterrement.

— Quatre ?

— Les asticots, vous dis-je. Les asticots ne font pas leur œuvre, nous préférons l'abandon.

Si elle est allée voir au cimetière, ce que personne ne sait, Inès aura trouvé ce petit cœur de céramique : « *Ici repose Siméon Scala, mort le 13 septembre 1970, plateau d'Assy. Priez pour lui.* »

Il avait souhaité qu'aucune date de naissance n'apparaisse. Il n'y avait pas de point de départ réel selon lui et autant ne pas perdre de la place inutilement. Il soignait en revanche les points d'adieu car ceux-là font les marques pour toujours.

9 juin 1970

Les mondes anciens s'effondrent à heure fixe. Des dates apprises par cœur par les enfants. Du 1453, du 476, des empires trébuchent, se déchirent les entrailles et ne se relèvent plus. Quelle date retenir à Assy et dans le sanatorium du docteur Velti ?

Il n'en existe pas, la maladie ne tue pas en un jour, le chapitre ne se clôt pas en un mot. Mais le docteur Velti aura noté dans son carnet ce 9 juin qui n'avait pourtant rien de spectaculaire. Chacun accorde aux événements le fardeau qu'il veut. Ce 9 juin, tous les malades tuberculeux furent réunis sur un seul et même étage, et encore, sans parvenir à remplir l'étage en question et sans s'attarder sur la rupture historique, bien que relative, avec la non-mixité géographique. Femmes et hommes feraient étage commun. C'est bien peu de chose à l'échelle d'un désastre annoncé ou d'une fin de règne, mais c'est tout de même quelque chose. Depuis les années 1920, avec les fausses pudeurs de circonstances, un homme ne croisait pas une femme dans les étages, ainsi la règle posée. Règle bafouée pour un oui ou une tendresse appuyée, mais règle tout de même. Désormais, on se mélangeait sans avoir à se dire que l'interdit existait quelque part en une charte jamais lue par personne.

Ce 9 juin, un étage entier, le troisième, fut condamné. Pas pour abandon. Pour travaux. Les moulures allaient être arrachées, la polychromie, délavée au profit d'un beige cassé, le mobilier, vendu, les ouvertures des fenêtres, réduites, le linoléum, retiré pour du carrelage et, pire encore, pour gagner de la place, rentabiliser le mètre carré dont on ignorait encore le prix, les balcons seraient fermés, ainsi des chambres plus grandes et plus d'un lit par chambre. Ce que les mathématiques peuvent être dociles parfois. Le silence passait de vertus thérapeutiques à mauvais symbole. Un étage entier clos, pour travaux.

— On arrache les dents du fauve.

— Comme vous y allez, Scala. On s'adapte, lui rétorqua Velti.

— Oui, comme j'y vais, j'y vais comme j'en ai le droit.

— Je ne suis pas propriétaire des lieux et vous non plus. Vous voulez être le dernier et fermer à clé en partant ? Je vais apprendre une autre spécialité et, quant à vous, vous allez acheter un chalet sur le plateau, vous y installer et faire prospérer votre affaire, vous en avez rêvé toute votre vie. Profitez donc.

Dans cette lente descente, Scala avait réussi l'inattendue conversion vers les sommets. En signe d'affection, le docteur Velti avait fait installer au milieu des années 1960, dans la grande entrée du sanatorium de S., une vitrine contenant les pièces maîtresses de l'œuvre de l'éternel pensionnaire. Un hommage, une reconnaissance, un honneur couronné par un cocktail, distingué, bon chic, bon genre, avec orchestre, un peu trop « yéyé » sur les bords pour Scala, un peu trop « blazers cintrés et pantalons serrés ». Seule condition à cette vitrine : rien d'humain. Le docteur Velti et Scala mesuraient ce que cela voulait dire et c'était bien là l'essentiel. Rien d'humain, donc. Mais des fruits, des légumes, même des fleurs, de cire, rehaussés de belles couleurs. À s'y méprendre. Scala réussissait à singer le réel avec un talent foudroyant. C'est ainsi qu'un visiteur proposa d'acheter. Pour lui. Et ce n'était pas à vendre. Et puis un autre visiteur de passage demanda le prix. Et ce fut à vendre. Et un article du *Dauphiné libéré* s'amusa de la trouvaille sous le titre tout aussi foudroyant de talent : « Le verger du sana, cire à croquer ». Par un effet démultiplicateur sans explication raisonnable, Scala acquit une petite réputation. Un collectionneur s'en mêla. Il y eut une cote, des prix et en triomphe une vente aux enchères deux ans plus tard dans un hôtel de Chamonix.

Discussion du 9 juin, interrompue par Tallier, invité, de sa propre initiative, au buffet froid de fin d'un monde, il avait un col roulé mais pas de veste de tweed pour une fois, ses bras galbés pétris dans une viscose moulante. Il venait assister au début des travaux, au déménagement des malades, à la préparation de la suite, attentif. Il venait aussi faire un dernier détour.

— Docteur Velti, je vois sur les plans – pardon de vous interrompre Messieurs – qu'il y a chez vous une église. Est-ce toujours le cas ?

— Nous l'appelons la crypte, oui.

— Est-il possible d'en faire le tour ?

— Évidemment.

Après une brève respiration.

— Seriez-vous, Monsieur, le fameux Scala ?

— Le très fameux, c'est moi.

— Eh bien, je suis heureux de rencontrer le plus farouche résistant à la tuberculose. Vous ne manquez pas de souffle pour un quart de siècle de combat.

— Je ne manque pas non plus de mépris, rassurez-vous. Et vous en aurez votre dose si je le juge utile. Et j'ai déjà un avis sur la question. Petit exécutant.

— Tout petit, en effet.

— Servile que vous êtes.

— Scala, je vous en prie.

Le docteur Velti, dans un rôle d'arbitre qui lui allait bien mal et qui ne rêvait que de rendre les coups lui aussi.

— Allons à la crypte.

— Oui, allons-y avant que M. Scala ne me traite de kapo. Je sens que le mot pend déjà à votre bouche. Vous en seriez malheureux, il doit vous rester quelques cartons à boucler.

— Je crois que je vais vous foutre mon poing dans la gueule.

— Mais faites donc.

La joute, de petites masculinités territoriales, s'arrêta net. D'abord, parce que Scala pouvait à peine monter la main jusqu'au visage de son adversaire du 9 juin, et ensuite, parce que le docteur Velti avait entamé un mouvement vers la crypte, coupant court à l'anicroche.

Il portait toujours sur lui la clé, une petite clé, sans rien de spectaculaire, banale, que nous aurions pu associer à un placard.

La crypte n'avait pas bougé, plus bougé, depuis quand ? Des spots installés au sommet des deux piliers carrés, orientés vers le haut, lui donnaient une atmosphère crépusculaire et glacée, un éclairage blanc, renvoyé par un plafond tout aussi blanc et craquelé. Les touches de couleurs parvenaient par l'entremise des vitraux, d'un saint Michel terrassant le dragon, d'un Moïse sauvé des eaux, d'un baptême par Jean-Baptiste et, ce 9 juin, le soleil épais éclatait par petites touches rouges ou vertes sur le sol. Des fleurs aussi, iris et roses, de plastique, dernières marques éternelles, sur un autel où on ne célébrait plus rien. Le chemin de croix de traits noirs avait passé par endroits. Et Notre-Dame des Neiges contemplait ce tombeau avec la même tendresse depuis des années. Tallier remontant encore son col. Il faisait là un froid d'au-delà. Scala, figé à l'entrée, le docteur silencieux, ils venaient seulement de comprendre, trop habitués au secret. Imbéciles, peut-être. Perdus dans leur édifice de pacotille, sûrement.

— C'est une cave, en somme.

— C'est un lieu de prière.

— Et qui vient prier encore, docteur ? Non, c'est un espace qu'il faudra récupérer d'une manière ou d'une autre, sans faire offense à quiconque.

À quoi bon. Il était temps de partir, de se retirer, de refermer le tombeau pour de bon et de prendre les dispositions plus tard.

— Toutes ces chaises, tout ce mobilier, vous avez de quoi asseoir bien du monde, pourtant. Et là, cette valise ?

Tallier s'approche et ouvre sans autre forme de soin et de précaution. Scala n'a pas bougé de l'entrée. Il va pour s'asseoir. Il sait que c'est presque terminé alors, tout fuit, par ce courant d'air, comme les inscriptions millénaires s'effacent au contact de l'atmosphère plus fréquentée depuis des siècles. Scala frissonne. Le 9 juin, jour d'effondrement, comme tombent les trésors aux mains des vandales, entrés dans la cité, recouvrant les murs de leurs raisons nouvelles.

— Dites-moi si je me trompe, mais c'est un tourne-disque. Pour les cérémonies, je suppose.

Pourquoi faut-il que le pire s'écrive dans de tels décalages, dans le désarroi des uns et l'indifférence de l'autre ?

— C'est cela, pour les cérémonies. Quand une famille vient se recueillir après un décès.

— Ce qui n'est donc plus très fréquent. Et cette armoire-là ?

Une œuvre classique, du chêne, pas une armoire, une vitrine, avec des rideaux intérieurs, des vitres fines, des pieds de métal. Une vitrine comme il en existe des milliers d'autres, elle aurait pu servir de tabernacle ou de recueil à foutoir, pour le tout-venant. Une vitrine, un 9 juin. Et c'est tout.

À l'ouverture, deux portes à la fois, Tallier a chuté de frayeur en reculant et il s'est entaillé le front. Scala a ri. Les masques n'ont pas bougé. Et c'était fini.

On est tombé amoureux.

Bêtement.

Doucement.

On est tombé et personne ne l'a su ou alors un courrier égaré et un pont au-dessus du vide. Ou alors tout le monde, parce qu'il fallait être aveugle. On a été un enfant et on a grandi sans vouloir qu'on nous pousse à pousser.

On a couru après ce qu'on a pu, pour s'amuser. Il a fait beau. Et les rires, on a trouvé cela si bon et si réconfortant. Pour une voiture, une paire de godasses, on a joué aux imbéciles qui se pensent trop forts.

On a compris, dans le désordre.

On n'a rien compris du tout parce qu'on n'a jamais su. On a composé des poèmes à ce qu'on a cru et les poèmes étaient mauvais. On a sonné faux.

On a aimé, mal. On a aimé comme on rattrape l'impossible.

Les fantômes, partout autour.

Un père pour de bon, dans un dessin ou un nez grossier. Le corps échappé. Un père encore, pour ce que cela change, un père. On s'est tourné en ridicule, pour un reflet dans un œil fermé.

On a sculpté l'épiderme. On a arraché au vice de la maladie.

On a conservé la preuve dernière, on a imité le réel, on a mis des ailes à des anges. On a traversé la peau et évité de toucher.

On a cultivé le souvenir des visions, des esprits, on les a convoqués, ils ne sont pas venus. On ne les a pas prévenus. Traîtres. Tyrans de l'âme.

On n'a pas demandé son reste et, dans les yeux, on a regardé ce qu'il nous restait. Des débris. Rien que des débris. À même le sol, des terres reconquises, un sapin penché, un arbre qui grignote, on a marché à pas lents vers ce qui pouvait encore nous offrir un refuge.

On a laissé pourrir sur pied. On est venu se servir mais on n'a pas fait tomber les murs.

Les fantômes encore.

On n'a pas écrit les noms sur une plaque de marbre. À voix haute, on n'a rien dit.

Et puis on a renoncé. Et on s'est endormi. Et la chaise était en plastique. Et on a terminé là. Et les fantômes, même plus.

16 février 1949

Les rares fois où Marcel, Valentine et Scala se trouvent ensemble, les conversations de ces trois-là fondent vite et fort autour de l'existence de quelque chose.

La science, la foi, la crédulité, les soins, la croyance, le magma. Chacun y va de sa surenchère ou de ses doutes. Cette effervescence ravit Marcel, au-delà de tout, ces disputes élégantes, sans brutalité, mais pas sans arrière-pensées, racontent un monde où rien ne compte tant que dire, laisser dire et se laisser convaincre ou agacer. Scala y met sa mauvaise foi, Valentine, sa finesse.

— Je me souviens encore de cette femme, pauvre femme, croisée à Paris dans une église.

Il y a chez Scala un rapport au vrai si discutable qu'il rend toute histoire, toute anecdote digne de mensonge. Disons que pour l'instant, Valentine et Marcel acceptent l'existence de cette femme à Paris, dans une église.

— Son fils était malade, d'un mal profond et vilain, voyez-vous. Il lui fallait un traitement. Eh bien cette femme priait.

— Est-ce là ce que vous lui reprochez ?

— Pas du tout Valentine. En priant, cette femme aurait pu demander directement l'intervention de Dieu pour qu'il guérisse son fils. Mais non. Elle priait pour trouver un travail lui permettant d'avoir de quoi payer le traitement pour son fils. Et c'est là plus qu'une nuance. C'est la déroute d'un Dieu qui ne sait même plus promettre, c'est un intermédiaire de l'espoir, votre Dieu, un coursier auquel on confie une mission transitoire. On ne prie pas pour la guérison. C'est trop ambitieux pour ce Dieu. On prie pour un boulot, c'est plus raisonnable.

— Je salue l'esprit de responsabilité de cette femme.

— Et l'enfant a guéri ?

Les questions sont posées par Marcel, souvent. S'interroger. Il lui revient d'exprimer ainsi les choses, de revenir à l'essentiel ou à ce que ces histoires ne soulignent jamais.

— Je l'ignore, Marcel.

— Évidemment que vous l'ignorez, cette femme sort tout droit de votre imagination et l'enfant avec.

Vous qui imitez la nature sans cesse avec vos fruits de cire, vous montrez un goût pour l'invention qui confine à la supercherie. Marcel, n'écoute pas ce monsieur.

Sous l'aigreur à peine dissimulée par la moquerie, chacun se frotte à l'existence d'un réel de pacotille, de mystère, de spéculation. Jusque dans le blasphème.

Comment comprendre sinon l'enchaînement et l'accord de chacun, le rendez-vous fixé pour un milieu d'après-midi ?

Scala a tiré les lourds rideaux devant la fenêtre principale, au deuxième étage. Il règne dans sa chambre immense, à la fois salon, atelier de sculpture sur cire, bazar ordonnancé, lit étroit, repaire d'apothicaire, une atmosphère décalée et bourgeoise, cossue, roublarde, douteuse. La lumière du jour passait sans mal les obstacles, entrant en collision inutile avec quelques bougies plantées selon un hasard évident.

À qui redouterait les esprits, il y a là de quoi se rassurer.

Depuis Grenoble, pourquoi Grenoble, Scala a fait livrer un guéridon, plateau rond, en noyer, style Napoléon III paraît-il, personne ne s'en assura. Il a posé en évidence sur une banquette deux ouvrages d'Allan Kardec, père du spiritisme, dont l'un affiche avec désinvolture un titre sans équivoque :

L'Évangile selon le spiritisme. Valentine n'en prend pas ombrage, sa présence vaut déjà défaite morale, elle a accepté pour Marcel. Car, oui, il est question de spiritisme, ici même.

Ils se retrouvent tous les trois dans cette intimité nouvelle et intimidante, chacun pour des raisons différentes peut-être.

Force accueillante, Scala s'agite, il offre à boire, du thé de son propre mélange, Marcel décline, Valentine accepte, il offre sa conversation, dans une agitation mal contenue, il offre de présider.

— Installons-nous, si vous le voulez bien.

Avec une manière obséquieuse, effet du rôle sans doute. De petites chaises, assez étroites, austères, inconfortables.

— Pardon pour ce dispositif, mais nous ne sommes pas là pour nous endormir, la rigueur offrira d'encore meilleurs résultats.

Valentine voudrait fuir.

— Marcel, comme vous le savez, nous allons chercher à entrer en contact avec votre père.

— Comme ça, on saura s'il est mort ?

— Je n'en sais rien et vous non plus, après tout, ce fantôme, autant lui donner une chance de se manifester s'il est fantôme. Et il y a là une direction, un point de départ comme vous dites, Valentine.

— C'est ridicule. N'est-ce pas Marcel ?

Elle est seule encore debout, rétive, jusqu'au bout, serrant le dossier de la chaise. Valentine a accepté sachant tout, sur le père de Marcel. Sur la mort du père. Elle a accepté. Il ne lui appartient pas, ce silence. Le briser, par fidélité, par amour, ce mot qu'elle n'utilise pas, par affection ? Ce silence n'est pas le sien. Il est celui d'une autre femme.

— Marcel ? Je t'en prie.

Il y a dans cette prière, un abandon. Ce qu'elle sacrifie de ses croyances, à qui voudrait se manifester, du moment que Marcel s'en trouve rassasié. « Je t'en prie. » Prière. « Je t'en prie. » Arracher un moment de raison. « Je t'en prie. » Alors allons-y, ainsi soit-il. Si Notre-Dame des Neiges s'était présentée à l'instant, Valentine en aurait été pétrifiée, à genoux, d'avoir à trahir son dieu par ces cérémonies aux esprits. Si Marcel avait su… Les preuves d'amour ne sont pas inscrites aux frontons, elles glissent sous les portes et s'enfuient et il faut s'avouer n'avoir rien vu, rien deviné, rien compris. Ce sont des preuves tout de même.

— Non ce n'est pas ridicule, je ne sais rien de rien, alors qui sait, on aura peut-être une bonne surprise.

— Si tu insistes.

— J'insiste.

C'est ainsi que tout commence ou se poursuit puisque l'histoire ne dit pas tout, jamais.

Non par des formules et des incantations. Pas plus que par l'apparition d'un esprit perdu ou maudit. Scala récite un bréviaire appris avec soin, les yeux fermés. Chacun les mains posées à plat sur le guéridon. Le genou de Valentine effleure celui de Marcel. Elle le retire délicatement, la proximité fait le reste, le mouvement infime et répété, le contact, impossible de faire autrement. Ils se touchent. Ils sont trop proches. C'est inévitable.

Dans ce contact. Le premier. La bouche cousue de l'une. L'indifférence soudaine au père de l'autre. Marcel n'attend plus un signe de l'au-delà, même de l'au-delà des vallées. Tout est là, dans cette chatouille, du tissu contre du tissu qui vient à la peau. Le père peut bien rôtir où il veut. C'est indifférent. C'est dérisoire. Et la bouche cousue ne se referme pas sur un secret mais sur une impossible concession à la norme. Les esprits et les désirs interdits.

Sans le savoir, avec son obstination, Scala s'acharne à ouvrir une autre porte, d'un autre ailleurs. Où le demain compte plus que l'hier. Où l'horizon ne s'arrête pas aux flancs d'une montagne.

Impuissant à la première manche, insistant pour que chacun se prenne la main désormais, deuxième manche. La chance ou le supplice. Marcel tenant dans sa main, la main de Valentine. Il n'a pas serré la main d'un autre, d'une autre, depuis un monde. Imperceptiblement, du moins il l'espère, il laisse glisser son pouce dans la paume de Valentine. Ce n'est rien, ce n'est pas même de la convoitise, c'est l'infini. Un genou effleuré, un pouce dans une main, l'illusion parfaite, Scala profère, il porte haut des questions, si tu nous entends frappe deux coups, incitant à répondre par oui ou par non à quelqu'un ou quelque chose quelque part, la peau de Marcel sur la peau de Valentine, d'une phalange, es-tu là, les yeux clos, la folie minuscule, l'apparition, Marcel le regard fixe, posé sur le profil de Valentine, ses déglutitions, les ailes de son nez, le miroir de ce qui ne se dit pas, se refuse, accepter d'être heureux de croire à ce à quoi on croit.

Aucun esprit. Le père n'est pas là. Il ne vient pas.

Scala déçu, sceptique, la mauvaise heure sans doute.

Marcel ne parvenant pas à dire mais à aimer. Valentine sans retirer le genou et sans retirer sa main. Valentine, non. De l'impensable et impossible. Des yeux étourdis. Qui disent non. À son tour. Andrea aussi, non. Valentine encore, non. Pour d'autres raisons. Elle ne peut pas. Elle refuse. Sans retirer sa main ou son genou. Non. Non. Elle ne fera rien de plus, rien qui pourrait nourrir ce qui ne doit pas. Non. Autour du guéridon, sans esprit, sans au-delà.

C'est terminé. Les bouches cousues. Les mains étreintes.

Sans ajouter au désarroi et sans un mot, Marcel s'est levé et il est parti sans se retourner. Sans la colère qui l'emporte parfois. Il a refermé très doucement la porte derrière lui, jusqu'au claquement.

— Je comprends sa déception, dira Scala, désolé. Mais ces choses-là ne marchent pas du premier coup.

Avec le peu de force retrouvée, Marcel a pris la fuite jusqu'au-dessus du vide, oh, pas bien haut, à hauteur d'un mètre cinquante, deux mètres tout au plus. Il est allé où ses pas promettaient parfois, dans un délire, de le conduire : sur le pont, au-dessus de l'Ugine, la rivière, celle qui coupe en deux le plateau, laissant chacun du bon côté. Le pont des amoureux, de ceux qui n'ont pas d'ailleurs pour se trouver et un peu de discrétion avec. Appuyé à la rambarde, côté vallée. Il contemple. Il comprend. Elle ne l'aimera jamais comme il aimerait l'aimer. C'est bête, c'est puéril, c'est tout à la fois, dérisoire, stupide. De se croire capable. Connerie, qu'il crie à la gueule du monde qui ne l'écoute pas. Connerie, si fort, qu'il entend les pas sur le gravier au dernier moment, on vient, elle vient. C'est certain. Il n'ose pas tourner la tête et il fait bien pour ne pas afficher trop méchamment sa déception.

— Voilà, je te trouve donc là.

Gabrielle.

— Il y a le feu quelque part pour que je te découvre sur le pont, tout seul en plus, voilà. Tu n'aurais pas été seul que j'aurais fait le détour mais comme je te vois seul…

— Oui, j'ai compris Gabrielle. Je crois que j'ai compris.

— C'est bien la première fois que je te vois là. C'est du pèlerinage ?

— Je n'ai pas cœur à la rigolade.

— Alors c'est que c'est du chagrin. Ça vaut aussi pour le chagrin, un pont comme ça. Pas pour se jeter, c'est pas ce que je dis, enfin, vu la hauteur, ce serait pas du grand mal qu'on se ferait, voilà.

— Je ne veux pas me jeter, non. C'est plutôt à vous que je devrais demander ce que vous faites là.

— Je rentre chez moi, mon nouveau chez-moi, j'ai un nouveau petit appartement, pas si loin, dans le village. Et le plus rapide, c'est par le pont.

— D'accord.

— C'est la jolie peintre ?

— Disons ça, oui.

— Elle est raisonnable, elle a raison, avec l'âge, c'est pas bien.

— L'âge, l'âge, un coup ça marche pour interdire, un coup ça marche pour permettre. C'est quoi, un sujet de moquerie, l'idée d'aimer plus grand que soi ? C'est le risque de moquerie qui lui fait peur ?

— Qu'est-ce que j'en sais moi, de la moquerie ou pas. C'est plein de choses peut-être et d'abord que ça ne se fait pas, pas du tout, que peut-être même que la loi le permet pas, entre un adulte et presque un enfant, comme toi, parce que t'es encore presque un gosse. Tu t'agaces de tout mais elle fixe des limites dont elle a bien le droit aussi. Tu sautes sur ta colère et tu vois pas plus loin que le bout de ta logique à toi qui est pas sa logique à elle, voilà. Et sa logique à elle, elle est aussi valable que la tienne.

Le silence est long après ça parce que Marcel n'est pas certain d'avoir compris tout ce que voulait dire Gabrielle et qu'il éprouve le besoin de tout comprendre. Ils regardent dans la même direction, sans se croiser du regard.

— Je ne vais pas tarder à rentrer chez moi et tu ferais bien d'en faire autant, Marcel. Ça pince.

— Si je me donne plus de peine, elle finira par céder, j'en suis sûr.

— Comme tu voudras. Moi, l'usure, pour ce que j'en pense, ça n'a jamais rien donné de très élégant. Tu porterais un vieux pantalon usé, toi ?

— J'en porte tout le temps.

— N'exagère pas. Et si tu en portes si souvent que ça, ne dis pas que c'est une joie. Si tu fais de tes sentiments des horreurs, tu peux vite tout balancer là-dedans.

Et Gabrielle de montrer du doigt la rivière, indifférente à cette discussion, comme elle l'est depuis la nuit des temps.

— Je dis que c'est pas la patience qui compte, voilà. Je dis que ce qui compte, c'est de dire et de pas avoir les regrets des silences. Alors si tu as dit ou si tu as montré alors… voilà.

— Voilà quoi ?

— Voilà tout.

Gabrielle lui prend le visage entre les mains et l'embrasse tendrement sur la joue. Longtemps, de façon appuyée, à remettre ses cheveux en place.

— C'est peut-être pas ce dont tu rêvais mais disons que c'est en affection, voilà.

Lettre de Marcel à Andrea

Andrea,

J'ai bien compris, va. Ou tu reçois pas mes lettres. Ou tu veux pas répondre. Dans les deux cas c'est un souci.

Mais je fais comme si. Pardon mais j'ai envie de faire semblant que tu m'écoutes, disons que c'est un service que tu me rends. Tu es comme un sac, je peux hurler dedans et ça fait du bien après. Le prends pas mal et je prends pas mal que tu répondes à rien. Donnant donnant.

L'amour est-ce que ça commence par le désir ?

Tu sais répondre ?

Est-ce qu'il faut que je commence par vouloir être avec elle ? Rien qu'avec elle ?

J'ai jamais rien pensé de pareil que d'être moi-même toute ma vie et je pensais pas que c'était particulièrement compliqué. Et là, l'inverse d'un coup sec. Je veux plus jamais partir d'ici, rester collé à elle si la vie le permet, grandir d'un coup pour devenir aimable. Tu comprends ? Aimable ? Pas gentil. Aimable, digne qu'on m'aime à la façon d'un homme. Pas comme un gosse avec sa mère.

Peut-être aussi que tu ne réponds pas parce que tu trouves ridicule ce que je raconte. Si c'est pour cette raison, attends de voir comme tout est chamboulé. Comme une chanson. Le rien autour. Ça m'évade. Peut-être que j'aime cette femme pour ce qu'elle me fait pas penser au reste ou pour le silence qu'elle casse en morceaux.

J'espère que c'est pas la gêne de parler de ça, entre nous.

Je te serre la main bien fort.

Marcel. Ton ami.

17 février 1949

Au lendemain de la séance de spiritisme, par redoux inexpliqué en fin d'hiver, de bon matin, Scala frappe à la porte de Marcel.

— J'ai l'accord du médecin-chef, vous me suivez.

Mauvaise tête, mauvais cœur, Marcel rechigne. Scala est d'une excitation féroce, violente.

— On va au lac Vert. Vous en êtes capable, je vous le dis, et le grand air, on est là pour ça. Vous verrez comme vous serez fier. Allez. Et pour l'occasion, choses promises.

Scala dépose sur la table les godillots énormes, les chaussures de marche. À enfiler, c'est un calvaire. Marcel se prend au jeu, après tout. Au départ du sanatorium de S. une petite flèche de bois indique direction et temps de trajet. Vingt-cinq minutes jusqu'au lac Vert. Un chemin qui serpente à peine, plus facile à l'aller.

Le lac Vert bien nommé.

Un ponton. Ponton récent. De quelques mois à peine, pour la vue plus facile, sur le lac et alentour. Le sentiment de flottement, à quelques centimètres au-dessus de la surface. Une scène, avancée sur l'eau.

Pour le reste du décor, les rochers. Par ici, par là. Par groupes, de deux à trois. Rondeurs, douceurs. L'à-pic de la montagne en face. En contraste. Rigueur, raideur. Les arbres épars. Touffus.

La surface d'un vert-de-gris. Épais, opaque, dans le mystère du dessous. Léger vent. L'épi de cheveux en vadrouille sur le front de Marcel. Ils ont marché sans un mot, facilement, même si les chaussures pèsent leur poids. Mais il va mieux, bien mieux. Aucun doute.

— J'ai bien senti que vous aviez de la colère hier, Marcel. Et pour remède, j'ai ce petit objet qui ne me quitte jamais ou presque. Manufrance, modèle Le Français, fabriqué à Saint-Étienne, 6,35 mm, canon de 7 cm. Poids chargé 340 g. Capacité de huit cartouches. Ça tient dans une poche.

Dit autrement et dans la tête, à explosion, de Marcel : un pistolet. Avec ce qu'il draine de folie et de vie pas comme les autres. Qu'a-t-il encore à cacher, ce Scala qui garde son châle sur son manteau ?

— Mais pourquoi vous avez une arme ?
— On ne sait jamais. Il faut se méfier.
— De qui ?
— Ça, c'est compliqué à dire.
Surtout quand on passe le plus clair de son temps à fabriquer des objets de cire.
— Vous voulez le tenir ?
— Je sais pas.
— Allons, allons, ces occasions ne se refusent pas.
Il lui donne un coup dans l'épaule, Marcel un pas en arrière sous l'effet du choc.
— Prenez donc, sans faire de chichi. Et attention, il est chargé.
Déçu par le poids, excité par la puissance soudaine. À l'aise malgré tout, à son propre étonnement. Il fait passer l'arme d'une main à l'autre, comme avec une petite balle, drôlement amusé, un sourire aux lèvres, les lèvres qu'il a toujours gercées.
— Votre énervement hier après la séance de spiritisme, j'ai bien compris. C'est cette femme. Valentine n'est pas de ce tonneau-là, cher ami. Je dis ami malgré l'écart d'âge, ne m'en voulez pas mais j'aime à traduire les choses comme elles sont. Vous jetez votre dévolu sur ce qui ne s'offre pas aux hommes. Alors votre colère, bien légitime, nous allons la passer sur autre chose.

Scala perçoit le changement, progressif, en montée.

— Vous allez tirer, au hasard, sur une pierre, dans l'eau. Faites.

Mais Marcel attend. Longtemps, sans un mot.

— Si vous avez un pistolet, c'est que vous vous êtes déjà demandé sur qui vous vouliez tirer, non ?

— Comment ça ?

— Vous savez pas si vous avez envie de tirer sur quelqu'un.

— Non, enfin, ce n'est pas ce que je suis en train de vous dire.

— Oui, mais moi c'est ce que je suis en train de vous dire.

Marcel se raidit. Scala s'agace, s'inquiète.

— Moi, il faut que je réfléchisse mais j'aurais forcément une liste de gens à tuer si je pouvais, forcément, tout le monde peut s'inventer une liste. Bon, peut-être pas tuer, pas jusque-là, mais tirer pour faire peur. Mais pas sur Valentine, vous voyez. Donc votre truc, qui consiste à se défouler, pour ça, j'ai besoin de réfléchir à ma liste.

Marcel tient l'arme dans sa main gauche le long du corps, son regard se perd dans la forêt d'épicéas.

— C'est juste que cette liste on la fait pas. Parce qu'on se doute pas qu'on aura un jour un objet pareil dans la main.

— Très bien, très intéressant. Puisque ça ne semble pas vous aider, rendez-le-moi.

Scala s'agite.

— Rendez-le.

— Non. Je veux tirer. Vous avez raison.

— C'était une mauvaise idée, oubliez ma proposition, rendez-moi cette arme. Marcel. Est-ce que vous êtes possédé ou bien ?

— Alors quoi, je ne suis plus votre ami pour que vous me parliez comme ça ?

Soudain, Marcel lève le bras, un peu faiblard en position tendue. Il vise des arbres.

— Pan, pan, pan.

Pour de faux. Bras retombé le long du corps.

— Je peux vous donner le premier de ma liste. Vous voulez pas savoir ?

— Je m'en fous. C'était une connerie d'apporter ce machin.

— Chacun dit son premier. À vous ?

— Mais aucune idée, personne de particulier, un salopard, ça manque pas.

— Non, non, ça ne compte pas. Il faut un nom précis, sinon je rends pas le pistolet. Un nom.

— Je n'en ai pas. Désolé. Vous n'allez pas me tirer dessus, si ? Pourquoi voudriez-vous me tirer dessus ?

Maintenant, Marcel fait des arabesques avec son bras, il se contorsionne, l'arme toujours à la main et les pieds fichés dans le sol, lestés par les chaussures de marche, il se tord, dans une danse folle, un envoûtement aux accents ridicules, avec une énergie nouvelle, lointaine, cachée. Il insiste, il réclame, d'une voix qui n'a rien de menaçant pour autant. Simplement ferme. Avec le vertige de l'enfance toujours là, encore, dominante. Engoncé dans son gros manteau, vu de loin, on pourrait le croire s'énervant pour chasser une bête qui lui grimpe dans le dos, à même la peau, le rendant fou et agité. Alors qu'il est tout le contraire, calme, serein.

— Vous êtes pas drôle à pas jouer, monsieur Scala. Mon premier à moi, c'est lui.

Scala recule encore, imperceptiblement recroquevillé, plissant les yeux de crainte. Dans un mouvement froid, Marcel remonte son arme d'abord à l'horizontale. Une pause. Puis il va plus haut, vers le ciel et il tire, deux fois.

— Pour toi, le soleil, t'as qu'à crever. Tu sers à rien qu'à nous faire croire des trucs qu'existent pas.

Il a hurlé puis, n'y tenant plus, Scala s'est jeté sur lui.

16 juin 1970

Jour calme, gendarmerie de Chamonix.

Bureau du major Valorie. Scala, sans châle pour une fois. Vigueur retrouvée.

— J'ai beaucoup de questions pour vous, monsieur Scala.

— Mon petit gars vous m'avez fait venir jusqu'ici, j'ai collaboré sans moufter mais je vous préviens, il va falloir m'écouter.

— On n'a pas la journée non plus, vous comprendrez qu'il y a d'autres priorités.

— Je comprends très bien, c'est pour ça que je commence et que je vous prie d'écouter attentivement ce qui va suivre. C'est ma réponse à vos questions. Pour que vous compreniez, vous et vos camarades de jeu au joli képi bleu. Pour débuter, je veux vous parler du moral.

— La morale ?

— Non, le moral. Le. Le moral, toujours le moral. Au sana, il fallait le garder pour guérir mieux. Dans les sanatoriums, la part de théorie, de supposition, de superstitions pour ainsi dire, l'emportait presque sur la promesse scientifique pure. Je parle au passé, notez bien. On ne manquait pas de sophismes pour justifier telle ou telle option. Laissez, que je vous donne un exemple. Est-ce que vous savez quel département a longtemps été le moins frappé par la tuberculose ?

— Aucune idée.

— Les Landes. Et à l'époque, dans les Landes, beaucoup d'hommes travaillaient dans les forêts d'épicéas. Suite logique, chacun planta des épicéas dans les jardins des sanas. Tout se tient. Rien ne se démontre. Parti pris de croire autant en Dieu, au hasard, qu'en la médecine. Disons que ça bâtissait entre les uns et les autres un équilibre pour tous. Il y avait de quoi croquer pour tout le monde. Et c'est à ce titre que le moral fut jugé critère essentiel de la guérison. À la manière d'un épicéa, ça ne résout pas tout, mais ça ne peut pas faire de mal. L'option du bon sens populaire. Encore. Jusque dans la mort du voisin de chambrée. Il faut bien en parler de la mort, elle est là, elle vogue, elle bouffe à table avec tout le monde, elle séjourne dans un fauteuil dans le coin d'une chambre puis elle se lasse et change de piaule, elle se balade, elle farfouille, la mort, elle va partout, elle renifle et puis une fois, de temps en temps, et de moins en moins, elle prend son dû. Et le lendemain, le voisin n'est plus là. On a tous connu des départs. Sans un adieu. Sans un au revoir. Une nuit agitée, une descente brutale dans les toux sanguines et vous changez de décor. C'est le cycle au sana. Le va-et-vient et la mort rôdent encore. Elle repart. Et le moral me direz-vous ? Eh bien le moral, on le conservait en faisant semblant de rien, surtout faire en sorte qu'on ne voie pas. Avant qu'un mort ne soit exfiltré de sa chambre, on verrouillait l'étage. Les portes palières étaient bloquées, au cas où quelques vaillants voudraient jouer les prétentieux en empruntant l'escalier. Impossible de prendre l'ascenseur. Impossible de sortir de sa chambre. Tout était au point mort, si je puis dire. Cachez ce cadavre que je ne saurais voir. Il ne fallait pas tomber nez à nez avec un corps sous un drap et sur un brancard. Ce n'était pas bon pour la touche d'espoir propre à chacun, pas bon du tout pour le moral, encore lui. D'autant qu'il fallait bien sangler le corps en question parce qu'il tenait tout juste dans l'ascenseur, et encore, en position redressée grâce au brancard, ce qui n'est pas du meilleur effet quand on n'est plus trop du côté du vivant, si vous voyez ce que je veux dire. Dernière posture verticale pour le malchanceux, on n'avait pas pensé à ça à la construction, et pourtant on en avait pensé à des choses dans nos merveilles de sanas, mais pas à la mort et pas à la place nécessaire pour descendre le corps. Excès d'optimisme. Soit. Passons. Une fois en bas, le corps était arrangé comme on pouvait par une infirmière et placé dans une chambre froide. Le temps que la famille, si elle se déplaçait, ce qui n'était pas toujours le cas, vienne faire le nécessaire, une petite caresse sur la joue ou quoi ou qu'est-ce. Le temps surtout que les pompes funèbres prennent en charge. Et puis vogue la galère. Salut l'ami. Et à bientôt au paradis ou ailleurs. Quel rapport me direz-vous avec notre présence ici ?

— Je vous le demande.

— J'y viens. À force de préserver le moral des troupes, à trop vouloir nous cacher ce qui prenait toute la place dans la valise du cœur, on a oublié de cultiver ce qui nous lie, vous voyez ce que je veux dire ?

— Pas du tout.

— Je ne suis pas amateur de bondieuseries mais à l'heure du grand saut dans l'inconnu, quand on se retrouve pour baver de tristesse sur un caveau, ce n'est pas désagréable d'entendre causer sur le disparu, entendre ce qu'il était de bien et rien que de bien, partager une bêtise, un élan, un geste, une saveur. On n'avait rien de tout ça, le soir même on dînait à la même heure, à la même place et on aurait vite, très vite, même un nouveau pensionnaire pour souper dans l'assiette du disparu. Il fallait vite passer à autre chose. Cela me plaisait mal cette affaire. Parce qu'un nom dans un registre avec date d'entrée et date de fin, ça ne nourrit pas les souvenirs. Alors j'ai offert une dernière danse à mes amis.

— Me dites pas que vous avez dansé avec les corps ?

— Vous êtes dans le terre à terre, premier degré, bon sang. Bâti comme je suis, du haut de mon mètre soixante-sept, j'aurais eu du mal à faire valser qui que ce soit. Non, ce n'est pas la promesse que j'offrais. J'offrais une promesse d'éternité avec ma cire. Je descendais avec la nuit dans la crypte du sana et j'y retrouvais pour quelques heures les endormis, dans la fraîcheur qui règne là-dessous. Déjà bien pâlots. Je leur offrais une seconde vie. J'ai inventé une cire d'un genre facile à manipuler avec un moule et je leur plaçais ça sur le visage, voilà tout. Le temps long, c'est le séchage. C'est pour ça que j'emportais mon tourne-disque portable. La petite laine, sur les épaules, n'était pas de trop, ça pinçait sévère dans la pénombre. Et ensemble on écoutait de quoi nous divertir dans le silence du séchage. Ça prenait entre une et deux heures, parfois un peu plus. Je ne disais pas un mot, je n'aurais pas eu de réponse. À la fin, une fois le moule retiré, il ne restait rien de mon empreinte et je les laissais repartir pour l'ailleurs sans plus les déranger. Et puis là-haut, dans ma chambre, je pouvais fignoler, avec mes pinceaux, la couleur et les détails.

— Vous avez fait ça avec chaque mort de la tuberculose du sanatorium de S. ?

— Non. Avec ceux dont les familles ne venaient pas, ceux qui allaient rester là, en haut, avec nous, dans le cimetière de Passy. J'avais le sentiment qu'on leur devait bien ça, une trace de leur passage.

— C'est sordide et c'est illégal, vous êtes sous le coup d'une enquête pour détournement de cadavre.

— Sordide ? Ce qui est sordide, c'est l'indifférence, la mort dans le silence. Quand vous finissez par vous éteindre sans sursaut. Ça, c'est sordide, Major.

— C'est l'affaire de chacun. C'est à la famille de décider. Pas à vous et à vos expériences.

— Aux familles qui ne venaient parfois jamais ? À ces familles-là ?

— Ça ne vous concerne pas, je suis désolé, c'est une affaire de limites, mais à la rigueur ce n'est pas le sujet du jour. Mon sujet, c'est de savoir ce que vous faisiez de vos masques.

— Je préfère parler de mes cires. Nous n'en faisions rien de particulier, nous les avons installées dans une armoire bien à l'abri des regards.

— Quel intérêt ? Tout ce mal pour les laisser dans un placard ?

— En quoi est-ce utile, c'est ça ? C'est ce que vous voulez savoir, si c'était un commerce, une petite affaire… mais non, rien du tout. Oui ils étaient enfermés mais nous savions où et nous savions pourquoi. Notre manière de cultiver un souvenir, d'entretenir une présence. Comme un album photo que personne n'ouvre jamais, qu'est-ce que ça change. Il y avait là autre chose que l'oubli.

— C'est trop glauque pour moi, monsieur Scala.

— J'ai compris, oui. Trop glauque.

— Ce qui m'étonne, c'est qu'on vous ait laissé faire au sanatorium de S. Personne ne vous a empêché d'agir ?

— D'abord, j'ai fait cela sans autorisation et puis je crois pouvoir dire, sans le trahir, que le docteur Velti m'a donné son accord. Nous savions ce que nous faisions et pourquoi. Personne n'en a souffert, vous savez. Et nous avons fait le choix de les installer, les cires, dans la vitrine que j'ai achetée pour l'occasion et dans la crypte. Dans un lieu paisible. Dans un lieu que j'aime pour des raisons qui ne vous appartiennent pas. Vous n'êtes pas là pour vous occuper de ceux qui prennent la vie pleine gueule, vous autres ?

— Nous sommes là pour appliquer les règles et nous assurer que chacun reste dans sa zone.

— Alors, courage à vous. Dans le sanatorium, la seule limite était la limite extérieure, rien d'autre. À l'intérieur, nous voguions malgré nous et selon nous, le bon vouloir, c'était un ordre différent. Vous avez déjà oublié ou jamais su, mais il faut bien trouver un sens à s'isoler du monde, une occasion de défendre des droits nouveaux. Moi, j'ai vu les pestiférés et les angoisses de n'être plus de la communauté des hommes pour une mauvaise toux. Le seul moyen de rester optimiste, c'est de façonner son modèle propre.

— Vous vivez dans une autre époque, Monsieur. Il faut accepter quand cela se termine.

— Pas n'importe comment.

Aucune poursuite, aucune charge.
Masques confisqués.

Commission départementale de Haute-Savoie, extrait du procès-verbal de séance, septembre 1970 :

« Vu le rapport de Monsieur le Préfet, Monsieur le Directeur de l'Action sanitaire et sociale propose que soit prise en charge au titre de l'Aide sociale, une section de quatre-vingt-neuf lits pour cirrhotiques au sanatorium de S. »

Septembre 1970

Ils arrivaient au compte-goutte, des cas avancés. Des hommes uniquement. Malades du foie et de l'alcool. À un degré parfois avancé.

Des œdèmes douloureux aux jambes pour certains, des états de confusion troublants, des nausées fréquentes… un tableau clinique nouveau auquel le docteur Velti s'était formé pendant une partie de l'été pour assurer une nouvelle spécialité et tenir son rang.

Les cirrhotiques occupaient donc ce troisième étage, repeint de blanc, délavé, à deux ou trois par chambres.

— Ce sont des épaves, hurlait Scala dans des accès de colère.

Les horaires des salles communes étaient répartis désormais, de manière que personne ne se croise jamais. À chacun sa maladie, à chacun ses heures. Le restaurant portait le nom de réfectoire. La bibliothèque avait été transformée en salle de soins. L'espace devenait d'usage logique, pertinent. L'évidence sautait aux yeux. Le sanatorium s'inventait un sort d'hôpital. Un banal hôpital. Comme partout ailleurs. Le jardin n'était entretenu qu'à coups de tondeuse de temps en temps. Les chaises longues, remplacées par des chaises de plastique.

— Me demander de partir alors qu'on fait venir tous ces alcooliques fichus pour la cause, des dégénérés. Vous avez perdu la tête, docteur Velti.

— Tout le monde mérite d'être soigné, Scala.

— Vous voyez ce qu'ils font de la maison tout de même, comme tout est saccagé, blanchi. C'est ça, c'est blanchi. Normalisé. Rien n'est normal ici, c'est toute la magie.

— Il faut croire que la magie n'opère plus et qu'elle n'a jamais opéré.

— Vous devenez sceptique, voyez, c'est cela, la vraie contamination.

— Je peux vous poser une question, Scala ?

— Si je peux répondre…

— Vous n'avez jamais été malade, n'est-ce pas ? Même un peu ?

Il a remonté son châle sur ses épaules.

— Ça vous ennuie que je vous pose cette question ?

— Non. Non, je n'ai jamais eu la tuberculose et je n'ai jamais été contaminé. C'est bien fait l'existence quand ça veut s'amuser avec les aléas.

— C'est une drôle d'idée, tout de même, de passer sa vie dans un endroit pareil.

— Parce que vous regardez avec vos yeux d'aujourd'hui. Mais la compagnie des pestiférés me réjouissait autant que les misères des tout propres, des bien-portants. J'ai pris mes quartiers parmi ceux dont on ne voulait plus.

— Vous exagérez un peu. C'est une vision des choses. L'isolement était raisonnable, à l'époque, plutôt du bon sens, surtout sous ce climat, le mont Blanc, le grand air, ce n'était pas le bagne non plus et puis la plupart repartaient guéris.

— Je n'ai pas dit ça. C'était tout sauf le bagne, surtout avec votre prédécesseur. Avec vous, c'est différent, mais vous faites avec les moyens et le faisable, avec vos manières d'endimanché.

— Merci du compliment.

Scala devait partir le lendemain. Il ne restait dans sa chambre que son lit. Tout le reste avait été emporté, dans des malles. On débarrassa un guéridon, des chaises étroites, des quantités exubérantes de produits, non dangereux paraît-il, quelques fruits, une poire notamment.

— Je vous regarde vous démener pour faire survivre ce mort-vivant, ce sanatorium, je vous vois et j'admire votre volonté.

— C'est ma promesse. Nous avons un peu la même histoire, vous et moi.

— À nous débattre avec nos culpabilités, nos hantises, mes fautes à moi, Docteur, pas vous. Tout ce qui nous a fait rester et que je ne me résous pas à abandonner. Tout ce que nous devons rembourser à la fatalité.

— Nous aurons essayé, non ?

— Essayé ? De nous rattraper ? De rattraper nos gestes malheureux, oui. Chaque jour, dans la scène que je rejoue tant et plus, sur ces planches de bois, je laisse Marcel tirer sur moi, bras ouverts, je le laisse avancer et tirer s'il le veut, me trouer la peau s'il le veut, pour ne pas avoir à le faire tomber dans ce lac maudit.

— Je sais votre douleur Scala, comme je sais qu'il faut savoir renoncer ou savoir se pardonner. Essayez de trouver de l'apaisement, il y a eu beaucoup de bouleversements ces derniers mois et c'est normal de vous sentir chamboulé. Nous le sommes tous. Vous me donnerez l'adresse exacte de votre nouvelle maison, vous ne l'avez pas encore fait.

— Sans faute.

Le docteur Velti n'aurait aucun mal à trouver la nouvelle adresse de Scala, il n'y en avait pas. Le vieil homme avait fait livrer l'intégralité de son mobilier, inchangé depuis un quart de siècle, chez un brocanteur de sa connaissance. Après cela, il n'eut plus de discussion avec quiconque. Sans faute. Partir sur un sans-faute, après tout.

Scala s'était barricadé dans la crypte. Endormi, empoisonné par ses propres soins, un masque à ses côtés.

21 février 1949

Combien de temps ont-ils mis pour rentrer, ils sont incapables de le dire. Une éternité. Scala a d'abord soutenu Marcel à bout de bras, il a essayé de le porter, il a même fini par lui retirer les chaussures, poids morts.

Gabrielle a déshabillé Marcel après avoir mis tout le monde hors de la chambre, elle l'a frictionné tant et plus comme au début, elle y mit un cœur et une énergie dont elle ne se savait pas capable. Marcel, à son retour, était cadavérique, bleu, bout de mort. Depuis il est alité et son état est mauvais. Pas comme une rechute, quand la maladie se met en veille pour retrouver la vigueur qui fera mal. À la sournoise, avec ses faux nez de guérison. C'est autre chose. Plus brutal. Vilain et moche. Il crache comme on gémit. Il éructe. Il délire.

— Est-ce qu'il s'en va ?

C'est tout ce qu'avait demandé Valentine au médecin-chef Pellarin, qui n'avait pas répondu. À Scala, elle n'avait rien demandé, elle ne l'avait pas revu.

Son récit, Scala, il aura eu l'occasion de le livrer au téléphone à Louise, la mère de Marcel.

— Nous étions sur le bord du lac Vert, Marcel a réussi une prouesse en marchant jusque-là bas. Il faisait un froid tenable, oui je dirais tenable. Nous devisions, chère Madame, quand votre fils s'est approché du bord et a glissé. Il n'y a pas grand fond à cet endroit, mais j'ignorais qu'il ne savait pas nager. Il s'est beaucoup débattu et éloigné de la rive. J'ai eu un mal fou à le faire revenir jusqu'à moi et à l'extirper de l'eau. C'est une chance que j'aie été là, croyez-moi.

Louise n'avait pas de raisons de douter de cette version. Qui aurait pu en avoir ? Qui aurait pu se dresser ? Il conservait pour lui les éléments de décor qui font la logique et l'enchaînement des faits. Scala craignant pour sa vie, surpris, persuadé que Marcel se trouvait possédé par un esprit entré là pendant la séance de spiritisme, tenta de lui arracher le pistolet. Dans la débâcle, à coups réciproques, Marcel tomba dans l'eau. La suite est conforme à ce que raconta Scala. On meurt comme on trébuche. On n'est jamais trop méfiant avec le banal.

Marcel, désormais, pose un regard gris sur sa chambre. Il tourne le dos à la fenêtre. Sa fièvre ne descend plus. Sa mère n'est pas encore venue, parce que personne n'est capable de lui dire l'ampleur de ce qui se trame avec le sort et parce qu'on lui fait des histoires avec des absences qui ne se justifient pas, elle n'a pas l'autorisation du rectorat pour venir en pleine semaine. Valentine passe parfois, brièvement, à son chevet, elle lui lit des passages du livre des naufragés. Elle ne sait pas s'il écoute. Elle lui embrasse la main, la joue. S'il s'en rend compte, il enrage, elle embrasse comme Louise quand il était malade, petit, tout petit.

Scala passe aussi, rongé de remords. Avec un nouveau cadeau, dès le surlendemain. Une valise noire. Fermeture sévère à clapet pour libérer la merveille. Un gramophone.

— La Voix de son maître. Modèle 99. C'est ma coquetterie.

Il parle pour lui. L'appareil porteur de musique. Marcel amoureux de la rengaine chaude et populaire des cafés de la Croix-Rousse, qui chantonnait dans le bonheur du tout simple, de l'abandon du cœur, de la compagnie d'Andrea, doucement ou non, peu importe du moment que l'on chante. Ce qu'il ne faisait plus du tout depuis la malédiction de la maladie et de l'héritage, lesté par ce que la fortune exigeait de lui et de sacrifice. La valise, avec son bras tubulaire et sa manivelle chromés, les promesses de mélodie, venaient tout faire voler, porter en suspension, sachant bien que la poussière retomberait d'un instant à l'autre. Mais pour quelques secondes, rien que la parenthèse, rien que le disque posé sur son plateau tournant, rien que pour l'aiguille et le diaphragme. Rien d'autre. Ça, cette musique, il l'entend. Il ne parle plus ou presque depuis sa chute dans l'eau. Au désespoir ou à l'agonie, qui saurait dire, rejeté, peut-on être rejeté de tous, à ce point. Mais cette musique, oui. Follement. Ce silence enfin brisé. La musique. Au goût immodéré et vulgaire, dirait Louise, pour l'amour fou de Tino et Marinella, *avec toi je veux jusqu'au jour, danser cette rumba d'amour*, pas pour lui, pas de son âge, pas des manières, sauf à laisser naître le désir dont on ignore l'infini, les disques tournent, *toutes les belles dames, dans nos musettes, viendront nous voir*, la dérive des sentiments, insatiables, voracité du désir, *j'n'ai plus d'paysage plus d'joi', sans ses yeux clairs j'suis prisonnière, mais j'chante encor comme autrefois*, le malheur des âmes dont on voudrait se protéger et dans lequel il rêverait de se vautrer. Juste pour essayer. Juste pour être accueilli quelque part, dans un souffle, dans un corps.

Si la musique ne résonnait plus, au-delà de la porte de la chambre, c'est que Scala n'y était pas. Trois jours après l'accident, dans le silence revenu, Valentine entra. Marcel endormi. Cela ne dura pas. Elle l'embrassa, sur cette fossette entre la bouche et le nez, au secret de l'ange, au secret de l'oubli. Marcel n'était pas endormi pour de vrai. Elle le regarda encore un peu. En bas, au sanatorium, parmi ces adultes auxquels Marcel se sera si peu mêlé, on racontait qu'il n'y survivrait pas. Valentine en était convaincue elle aussi. Elle aimait ce garçon qui ne voulait pas être qu'un garçon, elle ne pouvait pas aimer l'homme qu'il n'était pas encore.

Il eut alors un instant de lucidité ou de réveil ou de conscience, qui sait, un bref instant.

— Tu sais, je me demande. Mais je me demande toujours des choses.

Elle rougit du baiser accordé le croyant endormi.

Il avait une telle fièvre, et des quintes de toux si éruptives, que tout n'était que saccades et cassures. Redressant la tête, s'appuyant sur un coude.

— Dis-moi, Marcel ?

— Si je vais dans ton ciel, et que je vois mon père. Je ne sais pas si on va se reconnaître. Et ça m'inquiète. Oui, ça m'inquiète même beaucoup. Parce que, si c'est possible, on pourrait se croiser sans savoir.

Il a doucement reposé sa tête sur l'oreiller pour ne plus rien dire et ne plus ouvrir les yeux.

Avant de partir, après une main dans ses cheveux longs à lui, elle retourna une dernière fois dans la crypte, elle apporta un détail, ultime. Elle ajouta une petite larme sur la joue droite de Notre-Dame des Neiges. C'était terminé. Sa sœur était guérie. Elles pouvaient partir.

20 février 1949
Lettre de Marcel à Andrea.
Écriture de Gabrielle.

Andrea,

On dit que je ne vais pas tenir et je pense à t'écrire. À notre âge, on tient quand même. Tu sais que si je pouvais, j'aurais l'envie de rire. Quand les adultes se mettent à parler avec des images, il y a du danger dans l'air.

Ils disent qu'il faut que je m'accroche. Ils disent : c'est mauvais signe. Je dois m'accrocher à quoi ? C'est mauvais signe de quoi ? J'essaie de faire comme si. Tu vois, ils savent pas dire dans les yeux quand c'est foutu alors que si c'est foutu, faut pas tortiller.

La mort, j'y pense pas plus.

Je me disais juste que c'était trop bête de rester sur un souvenir trop bête, à se regarder comme des couillons. Tu crois pas ? Je veux dire que c'est pas ça dont on va se souvenir quand on va se retrouver. Sauf pour s'en foutre pas mal.

Le mieux, ça serait que tu demandes à ta mère si elle accepte que tu passes pour me voir. Pas trop tard non plus. Mais demande, essaye pour voir, tu dis que la contagion c'est bon, c'est le passé, et que tout va bien. Enfin presque bien.

J'ai la fièvre qui fait le yoyo, à peine la force de parler, alors d'écrire…

D'ailleurs j'ai fait l'imbécile parce que j'ai cru que mon père était là, alors que non. Je l'ai vu partout, maman m'a dit qu'il était nulle part. Ça fait mal à l'orgueil. Tu sais des trucs toi sur mon père ? Comment on peut partir sans s'intéresser ? Je dis ça mais j'arrive à pas y penser. Même si je trouve que maman pourrait partager ses secrets.

21 février 1949
Suite de la lettre de Marcel à Andrea.
Écriture de Gabrielle.

Tout ça pour te dire que tu me manques, mon ami. Voilà. Comme ça aussi c'est couillon à dire, qu'on se manque alors qu'on risquait pas avant que je tombe malade, de se manquer, vu qu'on passait notre vie ensemble. Le manque, c'était pas le sujet, mais faut croire que ça peut le devenir.

Valentine. Elle est peintre, jamais je t'avais dit son prénom. Valentine, c'est beau et poétique. La poésie, ça fait rigoler je sais, mais après tout, on a bien le droit à sa part aussi, de poésie. J'en ai lu, de la poésie dans la bibliothèque d'ici, j'aurais pas cru que ça me ferait ça. Tu dois connaître toi, tu fais toujours ton intello ?

La poésie, ça ressemble si fort à la vie que ça peut être triste de la même façon, sans prévenir. Elle veut pas tu sais. Valentine, elle veut pas. Je dis pas qu'elle s'en fiche mais elle veut pas. Comme dans la distance forcée, comme elle se retient. Peut-être que c'est ma fièvre qui me fait mentir à la réalité, mais c'est le sentiment que j'ai. Imaginer l'amour, c'est ce qui me reste. Et c'est pas si mal d'imaginer y goûter.

Une chance d'avoir aimé aussi fort déjà. Là, c'est de l'amour qui vient pas de la nature, tu vois, c'est de l'amour qui vient de l'imagination, d'un autre pouvoir que je maîtrise pas et que peut-être plein de gens rencontrent jamais, alors que moi si, moi si, j'ai pu, j'ai rencontré. Je trouve beau que dans mon foutoir il y ait de la place pour ce que j'aurais jamais cru pouvoir raconter. C'est ce qui est si fou. Quand tout se mélange, le pire et le moins pire, et le grand, très grand.

22 février 1949
Suite de la lettre de Marcel à Andrea.
Écriture de Gabrielle, fin.

(Je suis Gabrielle et je suis obligée de finir cette lettre pour Marcel. Ce matin, il ne s'est pas réveillé. Je vais tout faire pour vous faire parvenir ce courrier. Je suis si triste, il parlait souvent de vous.

Gabrielle)

Juin 2018

Andrea est soulagé de voir partir Inès. Il l'a raccompagnée jusqu'à la porte, a refermé derrière elle, n'a pas guetté le bruit de sa voiture, il est monté dans sa chambre, deux étages au-dessus.

En comparaison, elle est dépouillée, ordonnée, il s'assoit sur son lit, voûté par l'effort de ce qu'il a raconté et de tout ce qu'il a tu.

Il y a dans le tiroir d'un vieux bahut de campagne ce qu'il n'a plus regardé depuis si longtemps. Mais il sait. Qu'il n'a pas bougé. Dans le tiroir, face à lui, dans le vieux bahut, il y a les lettres, d'un garçon devenant grand, adulte, parmi les adultes, découvrant le désir. Les lettres du corps qui s'effondre en lui-même et qui soupire d'un plaisir dont il est privé.

Il entend les airs, Maurice Chevalier, de quand il était gamin, les rires tournés sur eux-mêmes, les moqueries, les bousculades, les sœurs vachardes, les descentes à toute vitesse dans les rues de la Croix-Rousse, à dévaler et à suer, à s'attendre et à se faire attendre, lui qui ne peut plus faire vingt mètres en montée.

Il respire encore l'odeur d'une cigarette arrachée, à force de conviction, à un passant et qu'ils ont partagée, sur un muret, face à la ville ouverte, au-dessus du Rhône. Leurs discussions. Sur les filles. Parfois. Pas si souvent. Sur les tenues et sur les mollets des filles. Lui, il parlait des mollets, tout le temps, cette étrange manie, les mollets comme si tout ne tenait qu'entre le bas d'une jupe et le haut d'une chaussette. Ils en riaient, avec un mélange d'embarras et de pudeur. Parler d'un mollet, c'était parler de tout le reste sans avoir à nommer. Ils auraient rougi d'avoir à le faire, au risque de saccager tous leurs efforts pour se donner des airs. Tout s'apprend. Même la confidence. Même la fragilité. Même la confiance. Ils n'y parvenaient pas encore tout à fait sur ce sujet. Cela viendrait. Le temps jouait pour eux.

Et puis il y a tout ce que la vie promet et chiffonne dans un mauvais courant d'air.

Il y a aussi les yeux qui disent plus maintenant. Il s'en souvient. De ces yeux-là, qui ont dit non. Il s'en souvient d'autant mieux que ce sont ses yeux à lui qui ont dit non, parce qu'il n'avait pas le choix et qu'il ne serait plus jamais question des mollets d'une fille. À cause de sa mère, inquiète de la contagion. Alors il a dit non comme on ne conteste pas ce qui vient de sa mère et que son père répète d'un silence qui en dit plus encore.

Leur a-t-il pardonné ? Les lettres qu'ils ne lui ont pas données. Sa mère obsédée par le risque de l'infection, jusqu'à l'intransigeance, jusqu'à la dissimulation. Des lettres venues de Haute-Savoie, dans une famille italienne qui ne connaissait personne en Haute-Savoie, avec une écriture de garçon, ces lettres ne pouvaient venir que de lui, le pestiféré, l'exilé en Haute-Savoie. La prudence qui lui a fait placer ces courriers dans un vieux chiffon imbibé d'eau de Cologne en guise de désinfectant, dans une boîte, dans un tiroir. Un geste de protection, pour son fils. Un geste de précaution, pas pour faire mal, pas par méchanceté, par ignorance. Parce qu'il reviendrait un jour de là-haut, Marcel, il redescendrait et alors, les lettres, elles seraient indifférentes à la suite d'une amitié qui reprendrait là où elle avait été interrompue. Tout reprend un jour ou l'autre. Même une discussion sur le mollet d'une fille. Et alors il serait temps de rendre ces lettres, sans avoir besoin de les jeter aujourd'hui.

Il se souvient de sa mère le prenant dans ses bras après. Quand tout a été terminé. Avec les lettres. De son regard désemparé. Elle n'a rien dit et lui non plus. Sans méchanceté. Il faut y croire, quand, pour le bien, on fait mal, pas comme il faut, sans se douter.

Il se souvient. Il se souvient de tout.

Même du cercueil et de l'allée 52, pas si loin du jardin du Souvenir, où Marcel a été enterré et, quelques années plus tard, sa mère Louise avec lui. Sur les pentes de la Croix-Rousse, après avoir rêvé de l'amour sur les pentes d'une montagne autrement plus immense et généreuse.

Il se souvient de sa promesse à lui-même, naïve, adolescente, sincère, infinie, de devenir le médecin qui ne lui a pas sauvé la vie. Comme on entre en religion pour de mauvaises raisons. Comme on fait à l'adolescence, sans demi-mesure, plein et tout entier, sans dévier d'une trajectoire, même très instable. Comme on aime pour une éternité à court terme ou non. Comme on va au bout d'un serment fait à soi-même.

Il se souvient et il ouvre ce tiroir, dans ce bahut, l'odeur d'eau de Cologne, les quatre lettres dont il ne s'est jamais séparé. Il défait le nœud, de la ficelle, et il écarte les pans de ce tissu bleu, cadeau que lui avait confié Scala avant de partir, de la même matière que ces châles qui ne le quittaient jamais. Il n'y a pas douze masques, comme le pense la commissaire-priseuse. Il y en a treize. Andrea regarde son ami, ce visage endormi, figé dans le départ, ce visage de camarade, de compagnon, de frère, de ce qu'il ne sait pas nommer et il demande, dans un murmure :

— Marcel, est-ce que je me suis rattrapé au moins ? J'aimerais en être certain.

Et il pose son front sur le front de cire du visage d'un enfant de quinze ans depuis toujours maintenant.

Juin 2018

Si la cuisine est si immaculée, c'est qu'il cuisine bien et que c'est encore ce qu'il apprécie le plus. Surtout pour Anil. L'histoire ne dit pas ce qu'ils se sont dit la première fois, parce qu'encore une fois, l'histoire ne dit pas tout mais ils ont depuis quelques mois maintenant leur routine.

Anil l'appelle « monsieur Andrea » et Andrea se dit qu'il faut vraiment lui faire perdre cette habitude ridicule et passéiste, Troisième République. Il ne sait pas si ce jeune homme a des papiers, il vient du Turkménistan. Par beau temps, après un bref appel, Anil s'échappe de sa position et il vient chercher Andrea en voiture. En échange, Andrea aura préparé un repas chaud. C'est simple.

Anil a une vieille Clio sombre dont les vitres sont souvent recouvertes de buée. Et pour cause, il n'en sort jamais. Quand il arrive, il klaxonne et Andrea descend, lentement, péniblement, il entre dans la voiture en se retenant à la poignée intérieure, au-dessus de la porte, il souffle après avoir réussi à s'asseoir. Il s'use. Et Anil conduit, pour huit cents mètres. Exactement huit cent vingt et un mètres. Ce qui sépare le salon d'Andrea et le sanatorium de S. Il ne se sera jamais éloigné.

Anil se gare là où il passe ses journées. Côté nord du sana. Ou de ce qu'il en reste. Des murs. Anil, sans trop savoir pourquoi, est chargé d'empêcher toute intrusion alors que personne ne cherche plus à entrer depuis longtemps. Il est vigile. Sur les murs, des plaques de métal rongées de rouille sont placardées comme on voudrait signifier qu'il est interdit d'afficher et d'entrer et d'espérer. Une bête enchaînée. Et encore au-delà, dans un périmètre plus large, une rubalise détoure ce qui fut un terrain de jeu pour riches malades, puis pour modestes alcooliques, puis pour plus rien, ni personne. Une rubalise de travaux. Andrea aurait préféré une rubalise de scène de crime, il se dit qu'il est parfois grandiloquent et excessif dans ses pensées mais ça le maintient en vie d'être dans le trop. La rubalise est rouge et blanche, elle traîne au sol, elle pourrait indiquer des travaux mais elle entoure un tombeau laissé pour compte.

Anil a laissé derrière lui une famille, loin d'ici, pour finir par surveiller un château trépassé. Andrea n'a jamais rien construit de solide. Les occasions d'enfants se sont égarées avec les désunions. Et son refus de descendre. Il n'est jamais redescendu de ce plateau de conquête et de défaite. Les femmes de sa vie n'ont pas eu ce goût de l'altitude et du dessèchement. Pas de goût non plus pour des fantômes abondants.

Ce matin, dans la douceur de juin, dans le soleil tendre de fin de printemps, un vieil homme, courbé, fragile, chaussé solidement, avance à tout petits pas, soutenu par un gaillard dont il ne sait presque que le nom. À force, ils ont dégagé une allée, un passage, entre les gravats. Andrea est la seule personne que le jeune homme laisse entrer, c'est leur secret, ce n'est pas grand-chose mais Andrea sait qu'Anil y joue sa place. Pourquoi a-t-il accepté ce contrat, entre eux ? Ce n'est pas pour le couvert, ça ne fait aucun doute. Alors pourquoi ?

Sous leurs pieds craquent les éclats de verre, de céramique, de bois, les débris du saccage. Ce qui n'a pas été emporté a été soigneusement et méticuleusement détruit, éclaté, pulvérisé, avec l'acharnement de ce qui ne mérite plus. Andrea a un nom pour ceux-là, « les barbares », il déteste les « barbares ». Il les hait sans les connaître mais en les devinant tous. Il pense à ce que l'on voudrait détruire d'un temple ancien par amour d'un nouveau dieu, plus fort, plus prometteur. Les autels en morceaux, les statues émasculées, les visages écrasés au burin.

Il a pu lui arriver de pleurer face au désastre et au gâchis. Il ne pleure plus depuis longtemps.

Juin 2018

L'habitude est simple. Anil a installé une petite chaise en plastique côté sud-sud-ouest du jardin. Il s'en retourne à sa voiture pour manger le plat préparé par Andrea.

Et Andrea, seul. Il n'est pas assis face au mont Blanc. Il lui tourne le dos. Le regard levé, il admire ce qui fut. Et lui avec. Et de sa voix craquée, comme on lirait la plaque sur un mur, une trace, il convoque à voix haute les noms et les souvenirs de ceux qui ont fait palpiter un astre mort. Bientôt, la montagne dévorera le soleil et les étoiles n'en diront rien.

Andrea est tourné vers le sanatorium de S. et il se souvient et il invente et il ne sait pas tout.

C'est un homme assis sur une chaise en plastique devant les lambeaux.

C'est un vieil homme qui voudrait entendre la musique que, ce soir-là, dans le silence absurde, Scala a poussée jusqu'à l'extrême pour voir et sentir un garçon ressusciter sous ses yeux. La musique si fort pour croire au miracle du réveille-toi. Réveille-toi, Marcel, ne pars pas ainsi.

C'est un vieil homme qui n'a pas vu Gabrielle pleurer et démissionner par la suite, après avoir écrit une lettre à un garçon qu'elle n'avait jamais rencontré.

C'est un vieil homme qui se souvient des voix, des poussées de fièvre pour une partie de cartes, et des petites fabriques à rumeur qui agitent les couloirs pour passer le temps. Sans incidence. Ni sur le temps, justement, ni sur les patients.

C'est un vieil homme qui a vu un jour, de ses yeux blessés, un artisan repeindre de blanc le salon égyptien, après avoir frotté les visages du Nil avec du papier de verre. Parce que la médecine ne se rend pas dans des paysages mythologiques mais par le soin, la logique et la mécanique d'une molécule. Et donc le blanc.

C'est un vieil homme qui sait que chasser les fées est un art qui ne se pratique plus.

C'est un vieil homme qui reconnaît le vent dans les arbres, les épicéas bleus, dans la nature qui avance vers les murs.

C'est un vieil homme qui ne sait pas que Valentine est partie après cela, n'y tenant plus. Une larme sur une peinture, sur un garçon disparu à quinze ans et sur l'amour qu'elle ne peut pas tenir dans un paysage de pareille épreuve.

C'est un vieil homme qui ignore que les masques ont trouvé preneur lors de la vente spéciale, à des prix dépassant ce qu'Inès, la commissaire-priseuse, avait imaginé. Un collectionneur privé. Où donc dorment ces masques ? Qui les regarde aujourd'hui, sans savoir ?

C'est un vieil homme qui, tant et plus, a essayé de sauver les vies, des tuberculeux et des autres, même et surtout quand ils n'en avaient plus besoin, même et surtout quand de plus haut qu'ici, vers Paris ou Lyon, on moquait cet isolement passéiste. C'est un ange déchu, un capitaine sans navire, figé au port.

C'est un vieil homme qui était là, près de Louise, quand elle est partie rejoindre un fils qui était tout et alors qu'il n'était, lui, Andrea, encore qu'un adolescent. Combien Louise a souffert ? Qui pourra jamais le mesurer ?

C'est un vieil homme fier, digne, même sur une chaise en plastique sur laquelle il vient s'installer dès qu'il le peut. Un vieil homme qui prononce à haute voix les prénoms de Marcel, de Louise, de ceux dont personne, jamais, n'a réclamé la dépouille et qui reposent à Assy, près de Scala, tombés de la peste blanche avec ce que le temps offre d'indifférence. La peste blanche, un surnom de maladie déchue elle aussi, une maladie qui ne mérite même plus les frayeurs des moqueries et des temps anciens. La peste blanche est morte jusque dans les traces noires de nos siècles de contamination.

C'est un vieil homme qui aimerait savoir s'il a été utile à quelque chose, au fond. Et si les fantômes sont prêts à lui faire une place dans leur beauté.

C'est un vieil homme qui voudrait faire une dernière chose encore.

Nuit du 21 au 22 février 1948

À Valentine, Marcel dit sa peur de ne pas être reconnu.

À Scala, sa peur d'être oublié.

Jamais, à personne, on peut le dire aujourd'hui, ils ne racontèrent les derniers mots du garçon, ses craintes dans la poussée fiévreuse.

À Valentine, le père pas reconnu. Elle était déjà repartie.

À Scala, le visage oublié.

— Vous savez…

Il tousse à se fendre les côtes.

— … j'ai jamais vu une photo de moi.

— Louise doit en avoir, rassurez-vous Marcel.

— Vous allez me guérir ?

— Pardon, Marcel ?

Il délirait. Confusion. Mélange de tout. Scala se troublait au-delà des paupières entrouvertes.

— Est-ce que vous allez me guérir ?

— Je ne sais pas.

— Dites ? Au moins vous allez me peindre ? Qu'on sache mon visage.

— Oui, Marcel.

— Si vous ne pouvez pas me guérir, est-ce que vous pouvez me peindre, quand même…

Le soir, dans la nuit tombée, après une journée épuisée où le sanatorium de S. s'est meurtri la voix à répéter, le garçon est mort, le garçon n'a pas survécu, dans la nuit tombée enfin, Scala a fait ce qu'il savait faire. Il est venu, non pas peindre, mais mouler. Mouler le réel. Il a pris son matériel, il a fait du bruit, il s'est fait remarquer. C'était le but.

Personne n'a rien dit. Même pour la musique. Marcel a posé, pétrifié, dans son pyjama et sous sa grosse couverture qui ne lui servait plus à rien, le cœur froid.

Avec la délicatesse, la même délicatesse que pour tous ceux qui suivront, Scala a déposé sur le visage de son ami, ami gamin, un moule de sa préparation, destiné à épouser chaque centimètre de peau, interstice de figure, tournure de nez ou d'oreille, replat d'une bouche et il a attendu à ses côtés, que sèche le moule, patiemment, quand plus rien ne presse que de cultiver quelque chose.

— J'ai apporté de quoi nous faire patienter.

Pour qui parlait-il ?

Il venait de se faire livrer de nouveaux disques, du Montand et du Bourvil, et les airs joyeux emportèrent pour la nuit un monde qui ne dormirait pas. Toute la nuit, la musique, sur le tourne-disque, dans une joie tonitruante, certains ont dit vulgaire et cela aurait fait rire Marcel, jusqu'au bout, de savoir que la vulgarité s'enchaînait à sa peau.

Scala, dans ce moule, a coulé la cire, secret de sa fabrication, et il a donné les couleurs déjà perdues de Marcel à ce masque plus fidèle que toute autre chose. Un masque magnifique, d'une nature parfaite, le tout premier de Scala, formidable imitateur du monde, ne sachant faire que cela, répéter ce que les hasards de molécules et de rencontres façonnent en se percutant ou en s'épousant, dans le choc ou la tendresse, par accident ou par choix. Dans ce visage, ami gamin, il y avait un enfant devenant grand, qui ne demandait qu'à apparaître dans le choc ou la tendresse. Marcel au visage de cire pour toujours.

Juin 2018

Dernier geste, dernière responsabilité, avant de quitter ses fonctions. Un mur. Des parpaings. Il n'a pas cherché le symbole.

Au milieu des années 1980, Andrea ne supportait plus le désastre annoncé. Le sanatorium toujours plus défiguré, il s'apprêtait à démissionner pour ouvrir un cabinet, à son compte, et il voulait sauver ce qui pouvait l'être. La crypte, dernier geste.

Elle devenait un débarras. Lieu d'entassement pour des armoires à dossiers, des plots de chantier orange, des chaises cassées, tout ce qu'on ne veut pas jeter, pour le cas où. Plus de vitraux, plus de prières. De longue date, on ne s'en remettait plus aux esprits pour soigner un foie malade ou autre inclination à l'excès. Dans le courant des années 1980, la cure revint à la mode, mais pour la désintoxication. Là encore, Andrea ajusta sa formation pour mieux prendre en charge les visiteurs nouveaux, nouveau genre.

La crypte n'était qu'un repli sans usage, sans avenir. Avant de partir, il fit débarrasser tout ce qu'il était possible de débarrasser, le surplus, l'inutile, le mal placé, le déplacé. Et il fit ce qu'il convenait de faire depuis toujours, il referma, la faisant murer, effaçant le chemin jusqu'à elle, réduisant jusqu'à son souvenir, laissant la crypte à son tombeau. Si bien fait, si bien caché au monde et aux chroniques que même les vandales n'y firent pas leur marché.

Mais aujourd'hui, il a encore une chose à faire et il a encore besoin d'Anil.

Discussion décousue, *please, break, please*, c'est possible. Anil qui fait non de la tête, il ne casse pas ce mur, même ce petit mur, vieux et sans doute pas bien solide. *No way*. Andrea propose de l'argent, Anil refuse encore plus fermement. Et puis quoi, ces regards comme Andrea en a échangé il y a longtemps, des échanges qui disent non jamais plus et d'autres qui peuvent vouloir dire oui, d'accord, dans toutes les langues du monde, par et pour une solidarité dont on ne sait pas d'où elle vient et ce qu'elle nourrit, au nom d'un risque et d'un geste. Juste cette fois. Après plus rien.

Le ciel gris et bas à la fois.

Anil entre le premier et il aide ensuite Andrea à se glisser à l'intérieur, c'est difficile, il a du mal à lever les jambes à hauteur suffisante et à enjamber les gravats tombés à l'intérieur, sous les coups. Il n'y a plus d'électricité depuis longtemps, les spots en haut des gros piliers carrés ne fonctionnent pas. Andrea s'éclaire avec une lampe de poche et il allume une grande bougie pascale dont il se souvenait qu'elle était encore là. Anil a préféré ressortir, anxieux. Un banc, vermoulu, tient toujours. Andrea s'assoit. Il fait voguer le faisceau de sa lampe sur les murs, les couleurs intactes, archéologue de ce qui a fui.

Les discussions entre Valentine et Marcel, l'écho, jusqu'à lui, la musique de Scala, le soin accordé à chaque dessin, chaque peinture, chaque masque, les prières des familles inquiètes, la douceur de tout quand il y avait encore de la douceur, tout est là sous ses yeux passés, le monde radieux malgré la maladie, l'enthousiasme des conquérants, s'établir si loin, si haut, creuser la montagne pour y enfouir la magie d'un lieu de culte, s'abandonner à la foi d'un soleil qui n'entre plus ici depuis quarante ans, il respire à pleine lampée au seuil de ces souvenirs qui ne sont plus que les siens.

L'armoire est là elle aussi.

La vitrine. Celle qui a fait chavirer l'imbécile du ministère. Elle est vide. Les masques confisqués, égarés, réapparus, vendus, exposés quelque part sans respect des âmes. Quand il l'ouvre, Andrea voit les crochets, ils sont restés, les crochets auxquels les masques étaient suspendus. Et en dessous, les étiquettes avec les prénoms de chacun, le nom et la date de départ et un petit texte écrit par Scala, une anecdote sur les uns et les autres, de son choix à lui, Scala, l'anecdote, en quelques lignes. Joseph, Isabelle, Corinne, Marguerite… les douze, c'est peu, douze, mais les douze qui sont sur ce monument aux morts caché et secret, bâtisse de bois devant laquelle on ne se recueille jamais, les douze que personne n'a réclamés parce que tout se délite et se ronge jusqu'aux valeurs du sang. Douze prénoms, et des visages perdus.

Malgré le mois de juin il fait frais, surtout dans cette crypte. Andrea ouvre son épais manteau et sa doublure, il en sort un petit clou qu'il plante avec le marteau emporté de chez lui. Il l'enfonce avec peine. Il s'y reprend à deux fois. Et du papier de soie qu'il a contre lui, tout contre, il sort enfin le masque de Marcel pour l'accrocher. Que la mémoire d'un visage parvienne jusqu'aux autres, jusqu'à nous. Sur un papier, avec un feutre de couleur rouge, Andrea écrit ce prénom, qu'il a appris à habiter.

Le stylo fuit un peu, une goutte tombe au fond de la vitrine. Du rouge sur du bois, comme la goutte de sang des promesses d'enfant, à la vie, à la mort. Andrea referme et s'en va. Anil a promis de reboucher l'entrée, comme on fait rouler un rocher.

Est-ce le contact de l'air soudain sur les peintures de Valentine, l'effet de la respiration d'un homme sur les parois, mausolée ouvert, Notre-Dame des Neiges réconfortée ? La larme sur sa joue s'estompe. À peine visible à l'œil nu. Il y a là, dans une vitrine, le visage d'un garçon, contagieux, éparpillé, amoureux, simplement, amoureux de plus que lui. Il s'appelait Marcel. Il dort.

Et si vous le trouvez dans une crypte ou ailleurs, racontez-lui son histoire, il sera heureux de l'entendre et de savoir que quelque part, derrière lui, avec lui, résonnent les pas de ceux qui n'ont pas eu le temps de tout.

REMERCIEMENTS

Pour m'avoir écouté, répondu, raconté, ma reconnaissance à la famille Tobé. À elle appartient la mémoire du plateau d'Assy, gardienne du temple et de ses histoires.

Côté médecine, Alexandre Wenger.

Coté bâtisse, murs, architecture, Philippe Grandvoinnet.

Côté cire et autres masques, Sylvie Dorison.

Côté imaginaire et maladie, Julie Cheminaud, parler corps, figures et au-delà.

Merci, depuis, combien, qui sait, à Véronique Cardi. À Jeanne Morosoff. Toujours là.

Pour la grande table dans la maison, Déborah et Sébastien.

Pour m'avoir fait marcher n'importe où au-dessus de Chamonix, Pierre. Pour en avoir ri, Sébastien. Toujours là, eux aussi.

Noémie, Colette, Anouk pour tout le reste.

Cet ouvrage a été composé par Nord Compo

Imprimé en France par
CPI BRODARD & TAUPIN (72200 La Flèche)
en juin 2024

pour le compte des Éditions J.-C. LATTÈS
17, rue Jacob – 75006 Paris

JC Lattès s'engage pour l'environnement en réduisant l'empreinte carbone de ses livres. Celle de cet exemplaire est de :
600 g éq. CO_2
Rendez-vous sur www.jclattes-durable.fr

PAPIER À BASE DE FIBRES CERTIFIÉES

N° d'édition : 01 – N° d'impression : 3057298
Dépôt légal : août 2024
Imprimé en France